AF365861

LOS SECRETOS DE LILVA

MAPI RODRÍGUEZ

LOS SECRETOS DE LILVA

EXLIBRIC

ANTEQUERA 2020

MAPI RODRÍGUEZ

LOS SECRETOS DE LILVA

*«A los que buscan
aunque no encuentren,
a los que avanzan
aunque se pierdan,
a los que viven
aunque se mueran».*

M. Benedetti

*A Miki, Héctor, Mari Gracia, Juan Antonio y Chema
por ser la luz de mi vida.*

*A la abuela Victoria, Nazaria, Victoria, Elvira, Juanita,
Mari, Carmen, Asunción, Neus, Lola, Tayo, María, Aurita,
María, Rosario, Isabel, Marilita y Lucía. Esta humilde novela
se inspira en esas leyendas que nuestras abuelas, de una u otra
manera, nos contaban de pequeños. Para todas esas personas
especiales mi amor y luz.*

*Gracias al equipo de Exlibric y a Carlos Torres
por confiar en Lilva.*

Mil gracias a Javier, Marcial y Mario por amar la literatura.

Primera parte

19 de abril de 2014

Mi nombre es Lilva. Hoy es mi ochenta y seis cumpleaños. Vivo en Gran Tarajal, Fuerteventura, con mi fiel amigo Ulises. Es un caniche color albaricoque, algo refunfuñón pero bastante sociable.

Me gusta vivir en este pueblo costero. Sus gentes son amables y cariñosas. Creo que la principal virtud de este próspero rincón insular del municipio de Tuineje es que su playa está situada justo en pleno casco urbano. Es una playa de arena negra y aguas tranquilas que se extiende plana durante más de un kilómetro. Y eso, para una señora como yo, dolorida por la artritis reumatoide y por el cáncer de mandíbula, es todo un lujo. Sé, claro, que tengo los días contados así que disfruto cada momento de la vida como si fuera el último.

Cada tarde, al caer el sol, suelo ir a tomarme un helado de turrón en la maravillosa avenida que se abre hacia el Atlántico. Disfruto como una niña del sorbete que derrite el viento entre mis dedos torcidos. Me cuesta sujetarlo, pero no importa. Mis ojos se distraen observando las olas, sintiendo la suave brisa acariciándome el cabello, y dejando que la soledad acune mis recuerdos.

Aunque a mi amiga Carmen le gusta bajar una hora más tarde que yo a la orilla, justo hoy parece que adivino su paso lento, elegante, a lo lejos. Al llegar, me saluda con una sonrisa deslumbrante, se acomoda en el sillón de mi derecha, sosteniendo otro helado. El de hoy es de fresa, me comenta. Dice que está muy cansada y que no tiene muchas ganas de hablar, así que empiezo yo.

Quizá la culpa la tuvo aquella calma, o la sensación de paz que me transmitía el sol cayendo tras el horizonte. El caso es que esa tarde decidí confesarle algo. Así. Sin pensármelo demasiado.

—Querida Carmen —le dije—, quiero contarte cómo aprendí a recorrer un camino poco convencional y algo especial gracias a un don del que nunca te he hablado.

Carmen, con gesto de asombro, se secó el helado de los labios con una servilleta y dijo:

—Soy todo oídos, querida…

Segunda parte

19 de abril de 1953

Eran casi las seis de la mañana cuando sonaba *Blue moon*, de Julie London. El olor a café tostado me apasionaba; esa mezcla de aromas a caramelo tostado con el ruido de la cafetera, casi al compás de la música.

Acababa de cumplir ocho maravillosos años. Vivía en el seno de una familia acomodada. Mi madre, María, era sastre de alta costura. Antonio, así se llamaba mi padre, era dueño de una flota de camiones. Para él era su segundo matrimonio, ya que enviudó de su primera esposa debido a una pulmonía. Mi madre tenía diecinueve años cuando contrajo matrimonio y papá, treinta años.

Soy la pequeña de tres hermanos, tras Juan y Laia. Mi fisionomía era fuerte, alta para la edad que tenía, de piel blanca y ojos verdes pardos. Decía mi tía Dolores que era vivaracha, especial y muy curiosa.

Cada día, hacia el amanecer, corría a la cama de mis padres, ya que siempre era reconfortante abrazar a mi madre y sentir su calor. Cerraba los ojos y pensaba que estaría así horas y horas. Compartíamos risas y carantoñas hasta que lograba levantarla. La cogía de su suave mano y, en voz baja y casi de puntillas, le decía que fuéramos a la habitación secreta.

La casa era una antigua casona canaria a pie de playa. Constaba de cinco habitaciones y un patio bastante grande, de unos cincuenta metros, al fondo del cual había un horno de leña donde mamá realizaba los mejores panes y rosquetes[1], como decía ella, y

____

1. Especie de roscos realizados a mano con harina, huevos, anís, azúcar y matalahúva.

justo a mano derecha había una pequeña habitación que llamaban la habitación secreta. Tenía no más de dos metros y las paredes de color blanco. Colgaban de los laterales, junto a la pequeña ventana, ramilletes de manzanilla seca, llantén, tomillo, laurel, romero, pasiflora, hierbaluisa y tila. Además, había un pequeño altar lleno de velas mariposa bañadas en cuenco de aceite; así la llama permanecía encendida hasta el fin de la promesa.

Le gustaba utilizar esos remedios caseros para uso doméstico y para los más allegados. El caso es que todos recurrían a ella, muchas veces solo para escucharla; tenía el don de la amabilidad y la dulzura infinita. Le gustaba estar rodeada de ángeles y vírgenes, entre ellas la Virgen del Carmen, ya que era una gran devota, de ahí que vistiese con su hábito marrón, con un grueso cordón amarillo atado a la cintura y un escapulario de tela colgado al cuello. Era su lugar especial, que apenas compartía con nadie, solo conmigo.

A esa habitación no accedía ningún hombre. Era un ritual secreto al cual no se permitía la entrada a hombres. Era generacional, solo entre mujeres de la misma familia.

Una vez que estábamos dentro de la habitación cerramos los ojos, cogidas de la mano, y respiramos el olor a velas mezclado con el del aceite y las hierbas aromáticas. Así nos quedamos durante unos minutos. Después mi madre abrió los ojos y se rio al verme concentrada, intentando imitar sus gestos. Mamá cogió mi mano y se balanceó como una Isa Canaria[2], pero de repente un golpe nos asustó y paramos.

---

2. La isa es un canto y baile típico de las Islas Canarias, caracterizado por ser un ritmo alegre y vistoso y que junto a la folía y a la malagueña canaria que compone el tronco principal del folclore canario.

—¿Hola? —dijo mi madre.

—Vaaa, que nos tenemos que ir a ver a la abuela Lilva —nos apremió papá tras la puerta.

Mi padre tenía un fotingo[3] de color negro antiguo, de 1820. Mamá, antes de subirse al coche, se paró un momento, salió corriendo hacia la casa y dejó la llave debajo de la alfombra de la entrada principal por si venía algún familiar.

—¿Mamá? —Y salí como un rehilete[4] disparada hacia donde estaba mi madre.

Nos dirigimos a casa de la vieja Lilva, como le llamaba la familia. De ahí mi nombre. Vivía en Antigua a unos 26 kilómetros aproximadamente por carretera de Gran Tarajal. Mi abuela paterna era madre soltera; algunos miembros de la familia incluso la repudiaron por su condición.

Durante todo el trayecto me recordaban que no tocara nada de los objetos de la abuela, ya que tenía muy mal carácter, pero en el fondo se ponía muy contenta a nuestra llegada a la casona. Mis hermanos apenas iban; no les gustaban ni ella ni la casa. Decían que les daban miedo.

---

3. La palabra *fotingo*, que se emplea en Canarias con el sentido de «coche viejo y destartalado», parece proceder del nombre de la marca de coches *Ford* más el sufijo de sentido despectivo *-ingo*. Otra hipotesis señala que su origen está en el eslogan *Foot it and go*, que empleó la casa Ford para promocionar uno de sus modelos automovilísticos, por adaptación fónica evidente y desplazamiento metonímico. La voz se usa, además, en varios países americanos, de donde muy probablemente se trajo a las Islas.
4. Flecha pequeña con una púa en un extremo y un papel o plumas en el otro que se lanza por diversión para clavarla en un blanco.

La abuela Lilva masticaba tabaco y llevaba un pañuelo casi negro de escupir y limpiarse. Pocas mujeres compartían dicha costumbre. La verdad es que a veces me daban arcadas, pero me daba mucha pena. Era una mujer liberal, feminista y bastante huraña.

Vivía en un precioso caserón de color blanco con puertas y ventanas azul añil. Tenía diez habitaciones, de las cuales tres eran dobles y seis individuales. Además, había tres salones y una cocina enorme que daba a un patio con naranjos, limones y olivos, en cuyo centro se ubicaba una fuente redonda de piedra volcánica sin agua y, justo en medio, una estatua de Zeus de casi dos metros. Destacaban unos maravillosos balcones torneados de madera maciza.

Por la tarde venía su vecina Petra con un saco de cal y lo metían en un cubo dentro de una habitación del fondo, que la tenía llena de trastos para tirar. Quemaban la cal y la cerraban. Era un remedio para los pulmones y decían las abuelas del pueblo que mataba los virus, así que la acompañaba hacia esa habitación a que inhalara esos vahos.

Me gustaba correr por los pasillos y mi madre siempre me decía que, por favor, no lo hiciera, ya que le molestaba mucho a la abuela, tras las pisadas, ese ruido a madera que crujía por el desgaste.

Como una gacela me dirigí a mamá y me indicó que la saludara, pero a regañadientes le dije que no. Mamá y yo cruzamos nuestras miradas cómplices. Me fui acercando poco a poco y le di un beso en la mejilla fría, áspera y con un cierto olor a naftalina que se me quedó durante todo el día.

La abuela Lilva nos ofreció si queríamos beber algo. Cogí un vaso de agua que tenía justo detrás de la cama; estaba algo turbia y apenas se le podía ver el fondo. Contuve la respiración unos segundos, bebí un sorbo por obligación y di las gracias. Mientras mamá y la abuela conversaban, procedí a limpiarme la boca rápidamente en la manga del vestido y continué por el pasillo del viejo caserón. Encontré una habitación cerrada. Me dirigí a ella, cautelosa y casi de puntillas, y miré por el cerrojo. Observé casi todos los muebles tapados con sábanas blancas e intenté abrir la habitación, pero estaba cerrada con llave. Al escuchar la voz de mi padre me sobresalté y salí corriendo hacia ellos.

—Va, Lilva, nos tenemos que ir. Vendremos la semana que viene a verte, mamá. Despídete de la abuela que en nada estaremos aquí—.

Justo saliendo del caserón ya estaba algo oscuro y observé a lo lejos una pequeña pero potente luz. Podría estar a un kilómetro y consistía en un brote luminoso de distintos colores que se veían en la oscuridad.

Comentaba la gente de los pueblos y la misteriosa "Luz de Mafasca" que unos pastores rompieron una cruz para juntar la leña necesaria para preparar el fuego. Era costumbre colocar una cruz en el lugar donde fallecía una persona, pero con el hambre que tenían hicieron caso omiso de esa tradición y utilizaron la cruz para alimentar el fuego. Según la leyenda, cuando las llamas comenzaron a consumir la cruz de madera, de entre las cenizas surgió una extraña luz que saltaba de un lado hacia otro como si tuviese vida propia. Los pastores, asustados, corrieron, alejándose de aquel objeto luminoso que para ellos no era otra cosa que el alma del difunto. También se decía que a toda persona que la observara se le acercaría esa luz y la acompañaría durante todo su camino hasta el siguiente punto de partida, pero que era mejor no molestarla ni incitarla a que se acercase. Además, también viajaba a otras islas. Eso decían los lugareños y los abuelos del pueblo. Aunque no me quedé conforme con toda la explicación, mi curiosidad era mirarla.

Emprendimos el viaje hacia Gran Tarajal conmigo ya algo adormecida y en nada ya estábamos en casa. Dejamos el coche en el lugar de costumbre, justo delante de la vivienda. A papá no le hacía gracia dejarlo muy lejos; tenía una puerta que no cerraba bien y siempre temía que le robaran. De todas formas, creo que era por comodidad. Bajamos del fotingo con pereza del viaje y algo de susto en el cuerpo y entramos en casa, como de costumbre, a saludar a mis hermanos y preparar la cena.

Esa noche teníamos una sopa que había sobrado del día anterior con fideos, papas y un poco de hierbabuena. A papá le gustaba añadir trozos de pan duro. Así comimos algo caliente pese a que mi hermano Juan detestaba la sopa. En cambio, a Laia siempre le parecía todo bien, excepto cuando hacían pimientos, que solo con el olor le daban ganas de vomitar.

Justo antes de dormir le pedí a mi madre que al día siguiente, en la habitación secreta, me revelara qué escondía la abuela en esa habitación. También quería saber más sobre la luz. Esa misma noche, cuando me metí en la cama con mi muñeca de cartón, pensé en esa luz y en qué pasó en casa de mi abuela. Estaba tan cansada que me quedé dormida hasta el día siguiente.

Me levante sobre las siete, corrí hacia la cama de mi madre e intenté que se levantara.

—Corre, vamos, mami.

—Espera, querida.

Se recogió el largo cabello, cogió del sillón la bata gris de raso, ajustando a la cintura una gran lazada, y nos dirigimos hacia la habitación secreta. Encendimos un par de velas, cerramos los ojos y rezamos un padrenuestro para toda la familia, en especial por la abuela. Cuando mi madre acabó de rezar le pedí que me explicase.

Me sostuvo por mis pequeños hombros e insistió en que nunca entrase a solas a esa habitación. Había algo allí, un espíritu que no sabían quién era, y a toda persona que entraba le ocurrían cosas fatales. Dijo que una prima de su madre entró a escondidas y durante mucho tiempo contó que durante la noche, mientras dormía, parecía que la destapaban de golpe. Incluso amanecía con algún que otro moratón en las piernas. Desde ese día no quiso ni oír hablar de tan desagradable experiencia. En realidad no sabían qué pasó en dicha habitación, solo que murieron varias personas de la familia allí, pero yo insistía en que quería entrar en ella. Mamá volvió a negarse y me pidió que intentara olvidar esa conversación.

Durante esa semana no dejé de pensar en la luz pese a que a mamá no le gustara que estuviera investigando y solo quería que jugara con mis hermanos.

Por fin pasó la semana y fuimos a visitar de nuevo a la abuela Lilva. Entré a saludarla, disimulé un rato y fui silenciosamente hacia el pasillo. Cuando llegué a la habitación cerrada extraje de mi bolsillo una pequeña navaja vieja de mi padre, que había cogido a escondidas mientras estaba despistado en la cocina, y me propuse forzar la cerradura. Tras varios intentos, de repente escuché un ligero ruido a óxido roto y la puerta se abrió poco a poco. Mi corazón estaba a punto de saltar, mis pupilas empezaron a dilatar. Miré a un lado y a otro, me adentré en la habitación y encontré que estaba todo cubierto por sábanas blancas, casi todos los muebles, excepto el piano de cola negro. Me acerqué; estaba todo cubierto de polvo y dibujé un pequeño corazón. Se respiraba un ligero olor a humedad.

Algo aterrada di unos pasos hacia delante, me acerqué a la ventana e intenté abrirla, pero no lo conseguí, así que di media vuelta. Di un salto y pude tirar la sábana que cubría un gran cuadro de la familia. Era bastante tétrico, de fondo negro, y mostraba a una señora con cara de pocos amigos vestida de negro y con las manos cruzadas, en las que resaltaba un anillo con una piedra de color verde aguamarina. Justo debajo del cuadro, una estantería de caoba donde había una botella grabada de cristal y una caja de madera. Cuando me apoyé en la mesa sentí una sensación extraña, la vista estaba nublada. Vi una luz que iluminó el anillo en el cuadro, dio un salto hacia mí y giró a mi alrededor, casi acariciándome la cara. En ese mismo instante escuché a mi madre, que venía por el pasillo. De golpe desapareció la luz y corrí, saliendo inmediatamente de la habitación.

—¡Lilva! ¿Dónde estás, cariño?
—Estoy aquí, mamá.
—¿Qué hacías, cariño?
—Nada, mami.

Salí como si no hubiese pasado nada y le propuse a mi madre dejarle algo de cena a la abuela, así que nos pusimos a recoger ropa que tenía por el medio. Me daba pena que estuviera todo desordenado. Ella estaba algo débil de salud, así que me puse a ayudar a doblar ropa.

Estaba anocheciendo y a papá no le gustaba conducir de noche, con poca luz y en medio de un paisaje árido y algo frío. Tras dejar la cena preparada y la casa algo recogida, nos pusimos en marcha en el fotingo. Regresando en el coche, mi padre comentó que tendríamos que trasladar a la abuela a casa, ya que era una pena que estuviese sola. Nosotros la podríamos ayudar y estaría acompañada. Pero yo insistí en que no, que era su casa. Mis lágrimas empezaron a brotar como una fuente en continuo movimiento y cambió enseguida de tema. Proseguimos el viaje sin apenas hablar.

Al llegar a casa, algo cansada, me encaminé a mi habitación y no dudé en ponerme directamente el camisón rosa. De puntillas fui al patio en busca de Juan y Laia para jugar al escondite. Siempre me encontraban; era muy fácil para ellos, pues estaba en el mismo sitio, la habitación secreta. Mis hermanos se reían mucho de eso y de que no buscara otros lugares, pero a mí me apasionaba estar allí, se respiraba mucha paz. Estuvimos jugando durante una hora, antes de cenar.

Ya estábamos cansados de jugar y Laia se quedó leyendo tranquilamente en el sillón, a la entrada del salón. Podría pasarse horas leyendo. Me dirigí a la cocina y pregunté a mamá si quería que le ayudase a hacer la masa de unos rosquetes de pan. Nos gustaba muchísimo deleitarnos con el sabor dulce del maíz tostado, así que nos pusimos a ello. El delantal arrastraba casi por el suelo. Subí a una silla para poder llegar bien a la encimera de mármol y comencé a rociar todo de harina como me enseñó la abuela. Así la masa no se pegaría. Mi madre hacía pequeñas bolas con la masa y yo les daba formas circulares hasta quedar casi perfectos rosquetes.

Después de un par de horas los dejamos todos preparados para meterlos en el horno y así a la mañana siguiente hornearlos. Mis cabellos y mi cara estaban llenos de harina, así que me fui a dar un baño con la jarra de porcelana. A veces me costaba levantarla y mi hermana Laia me ayudaba. Después cepillé mis cabellos dorados y volví a mi habitación. Miré que no viniese nadie y casi con taquicardia abrí la caja. Encontré el anillo antiguo del cuadro con una pequeña aguamarina, una carta y unos pendientes de perlas y brillantes.

Acaricié con suavidad el anillo. Era muy grande para mi pequeña mano, pero pese a ello lo introduje en mi dedito. De repente cerré los ojos y me trasladé a una habitación que no conocía, donde había una chica de unos quince años. Una señora mayor, casi moribunda en la cama, le hizo entrega de dicho anillo y le dijo que tenía el poder de una luz especial que se traspasaba de generación en generación, pero solo a las mujeres de la familia. La imagen se esfumó, abrí los ojos y no entendía nada. Intenté calmarme y decidí abrir la carta, llena de polvo. Narraba el secreto de la familia: toda mujer que obtuviese el anillo tendría poderes hasta los últimos días de su vida, pero con la condición de pasar el anillo a su hija o nieta. En caso de no ser así, quedaría escondido hasta la próxima generación de mujeres. Guardé la carta en mi bolsillo y salí como si no pasara nada.

Mi madre no paró de buscarme hasta que me encontró y, antes que ella dijera nada, le comenté que había encontrado algo en casa de la abuela. Disimuló y dijo que me olvidara de esa historia, pero yo cada día que amanecía no paraba de pensar qué podría hacer para saber más de esa habitación y, lo más importante, del anillo.

Durante un par de semanas no pudimos ir a visitar a la abuela. Mi tía Dolores me preguntó si quería ir a visitarla, lo que me produjo un sobresalto.

—Sí, por favor, por supuesto —le respondí.

Salí corriendo a cambiarme los zapatos y cepillarme el pelo (a la abuela no le gustaba nada que fuera despeinada) y corrí a la puerta a esperar a mi tía.

En el transcurso del camino, me preguntó cómo me encontraba, cómo me iba el colegio y otras preguntas que yo obviaba, ya que la abuela estaba completamente metida en mis pensamientos, así como esa carta, los objetos y especialmente esa misteriosa luz .

Recordé que una noche mamá me dijo que pronto sabría más cosas que darían un cambio a mi vida. El caso es que algo de razón tenía. Después de estar en esa habitación con la luz cambió algo en mí. Podía ver detrás de cada persona una o más luces como aquella. Algunas eran potentes; otras, débiles. Descubrí unos días atrás que Petra había explicado a mi madre que cuando la luz de Mafasca se acercaba a esas luces estaba relacionada con tus familiares, que te acompañaban en el camino. Pese a que me daba miedo, a la vez me resultaba tranquilizante. Sabía que no hacían nada, solo acompañar.

A mi llegada a la casa corrí, como de costumbre, y me dirigí a la abuela Lilva. Abrí mis brazos y me pegué a ella, dándole un fuerte abrazo. Acompañé su mano hacia la mía y le comenté que tenía que contarle algo, por lo que le pedí que me acompañara a la habitación cerrada del pasillo.

Le ayudé a levantarse poco a poco mientras mi tía preparaba la merienda. La abuela no entendía mi curiosidad y yo le decía que se apresurara. Sacó la llave de su bolsillo y mis ojos brillaron al verla. Entrelazamos miradas cómplices y nos dispusimos a entrar en la habitación. Le pregunté si podía abrir alguna ventana, ya que quería enseñarle algo.

Le confesé que había entrado en la habitación y me había llevado la caja donde guardaba la carta, el anillo y los pendientes. Mi abuela se echó las manos a la cara y no daba crédito. Empezó a llorar, no paraba. Solo decía: «¡Dios mío!». Yo no sabía cómo calmarla, pero sujeté su mano y le dije que no pasaba nada. Además, mamá no sabía de la existencia de la caja.

—Por favor, cuéntame, abuela. ¿Entonces tengo una tía a la que no conozco?

Rompió a llorar y dijo que era la mayor angustia de su vida. No podía decir nada, ya que era muy difícil para mí entender la situación. Yo no sabía qué decirle. El caso es que me daba mucha pena de mi abuela, la veía indefensa, desgastada por la edad y el sufrimiento. Me acarició el pelo, bajó la mirada y empezó a contarme el mayor secreto de su vida.

No paraba de insistir en que si algún día me enamorase tal vez cometiese locuras, pero dejó claro que no dejara de hacerlas y que probablemente sería mi mayor felicidad poder compartirlas con alguien y, con el paso del tiempo, poder recordarlas. Lo decía con voz desgarrada, pero convencida de su secreto mejor guardado. Me contó que el chico tenía otra familia y una madre que era una verdadera malvada.

—Ya sabes que nuestra familia es gente muy seria y trabajadora. Lo complicado era explicarle a mi padre la deshonra que suponía una situación así, dado que era muy tradicional. Además, no estaba bien visto tener un hijo siendo madre soltera.

Mi madre siempre me comentaba que la abuela era diferente a todas las mujeres del pueblo, que actuaba contra las reglas impuestas. Pese a todo, decidió tener al bebé. Pensó que lo mejor era trasladarse a La Palma, donde vivía Lucía, que era prima hermana de su madre. Era muy buena mujer, discreta y calladita, además de una verdadera artista con las manos.

Tuvo que plantear a la familia que quería aprender a restaurar corpiños, dada la demanda que había en aquellos maravillosos años. Además, Lucía era la única en todas las islas que dominaba ese arte, así que la abuela tenía que desplazarse a vivir allí durante un tiempo hasta que dominara la técnica. En realidad, era una excusa. Así podría entregar a su hijo y aprender algo para distraer su mente de tan fatídica experiencia.

Habló con Lucía y decidieron mejor instalarse en un convento de carmelitas. Nadie se enteraría de su estancia allí. Se refugió en él durante todos los meses de gestación tras decidir que era lo mejor. Lucía iba cada viernes al convento y llevaba hilos y telas para enseñarla a reparar los corpiños.

Pasados los meses y con mucho desconsuelo, entregó a la niña en adopción. Se encargó de todo la hermana superiora. Estuvo varias noches llorando desconsolada, sin apenas comer, pero pronto tenía que volver a su casa con su familia y debía parecer como si nada hubiera pasado. Desde ese mismo instante no dejó de pensar en ella y en aquel día, como si fuera ayer. Nunca contó esta historia a ningún miembro de la familia, exceptuando a Lucía.

Me advirtió de que nunca se me olvidara que vivíamos en un pequeño pueblo y siempre había alguna que otra lengua larga. Además, había gente que nunca lo aceptaría, era una desgracia para la familia. Por eso tuvo que tomar esa horrible decisión.

—¿Sabes qué recuerdo de ella? Sus ojos. La mirada es lo único que puede permanecer desde que naces hasta el término de tu vida. Incluso he soñado que un día aparecía por la puerta y en silencio me daba un abrazo —me aseguró. No sabía qué decirle, si abrazarla o llorar. Le prometí que sería mi secreto mejor guardado. Me explicó que el anillo de aguamarina que encontré se lo regaló el padre de la niña para que algún día pudiera entregarlo, cuando cumpliera dieciocho años—. Ese anillo es mágico y quiero que te lo quedes. Pásalo a tu hija y así todas las décadas posibles, ya que tiene el mejor secreto guardado. Pero recuerda, solo lo pueden obtener mujeres.

Me estremecí y apoyé mi cabeza en su estómago. Ella me dio varias caricias en mi pelo ondulado. Ese fuerte abrazo duró un par de minutos. Fue un momento muy dulce y reconfortante. Me separé de ella y le dije que en unos días volvería a verla.

Escuché cómo me llamaba mi tía y me dirigí lentamente a la sala. Le pedí que nos apresuráramos en llegar a casa, pues no me encontraba nada bien, y así lo hicimos. A nuestra llegada fui directa al patio, donde estaba la habitación secreta. Allí encendí una velita, cerré los ojos, cogí mi mano, la desplacé sobre la luz que desprendía la vela y recé un avemaría, además de una plegaria donde preguntaba la verdad que solo me preocupaba: de qué manera podría ayudar a mi abuela. Pero no conseguí ver nada, todas las imágenes estaban muy turbias.

Apagué las velas, salí de la habitación silenciosamente y fui a la cocina, donde Juan estaba cogiendo unas galletas a escondidas y apenas podía hablar de tantas que se metió en la boca. Nos reímos mucho durante un rato. Incluso a Juan se le cayeron trozos de la boca y yo reía aún más. Cuando nos repusimos de tanta risa le comenté que por qué no subíamos al camión de papá y así parecería que estábamos conduciendo. Pasaron un par de horas y aún estábamos ahí, saltando por el camión de un lado para otro, imitando que hacíamos largos viajes en él.

A nuestro padre, como cada atardecer, le gustaba llegar a casa y vernos a todos. Nosotros y mi madre estábamos en la misma puerta de la casa. Además, era la primera vivienda justo a la entrada del pueblo; de estilo colonial (1895), con su color blanco y sus puertas azul añil. Todos fuimos a él corriendo y nos fundimos en un abrazo gigante. Papá se adentró en la casa y se dirigió a su habitación a cambiarse de ropa. Le dijo a Laia que le tocaba poner la mesa a ella mientras Juan y yo estábamos ayudando a recoger la leña del horno. Eran muy pesados los troncos de madera, me ensuciaban mis vestidos y la verdad es que no me gustaba nada esa labor, pero si no ayudábamos papá se enfadaba bastante.

—Venga, chicos, vamos a cenar. Poned los platos, vasos, servilletas y cubiertos. Va, que es muy tarde y mañana tenéis que madrugar —nos llamó mamá.

Apresurados por el hambre, todos tomamos asiento. Mamá llegó con la caldera de sopa y empezó a servir: primero, a papá; después, a Laia, a Juan y a una servidora; por último, se sirvió sopa en su plato. Por fin, algo cansados de todo el día, empezamos a cenar. Justo en medio de la cena hablamos de planificar el día siguiente y a qué hora nos recogía Dolores a los niños. Al término de la cena recogimos la mesa y la cocina y dejamos preparado para el día siguiente el desayuno, tapando con un pañito los rosquetes y el pan.

Comenzamos a ir a lavarnos los dientes y cada uno se fue para su habitación. Me apasionaba inventar historias de miedo con Juan, a tal grado que acabábamos metidos debajo de la sábana, gritando a la vez que reíamos, hasta que Laia y mamá pasaban por las habitaciones a desearnos las buenas noches. Nos recordaban que, por favor, parásemos, nos acomodaban las sábanas y nos sujetaban bien la manta. De esa manera decían (con una bella sonrisa) que no podíamos escapar.

Mamá decía que su mayor felicidad era cuando se acostaba, cerraba la puerta y todos sus niños estaban dormidos y protegidos en casa.

A la mañana siguiente, mientras nos vestíamos, le comenté a Juan que había tenido un sueño muy real, pero nos interrumpió mi hermana diciéndonos que nos apresurásemos, pues llegaríamos tarde al cole, así que fuimos a coger nuestras carteras y nos dirigimos a la calle. Durante el camino al cole le dije a Juan lo siguiente:

—¿Te acuerdas de que mamá contaba una historia en la cual soñaba que había dinero escondido en casas cerradas? Pues anoche lo vi muy claro y dónde estaba exactamente. Tenemos que ir, Juan, por favor.

—¿Pero cómo? ¿Y cuándo? Mamá se enfadará mucho. Además, está muy lejos. ¿Y con quién iremos?

—No te preocupes, lo haremos cuando vayamos a casa de la abuela. Justo está cerca la casa, así que diremos que vamos a jugar al patio y nos escapamos, ¿vale? Pero no les digas nada a los demás; si no, nos castigarán.

Durante unos días, con la rutina del colegio y nuestras actividades en la calle, como jugar con la pelota y con el camión de papá, se nos olvidó un poco la idea descabellada de ir solos en busca del dinero. Mientras, mamá y papá estaban sentados en la acera, mirando cómo corríamos y nos peleábamos por quién podía ser el líder del juego. Eran muy felices.

Ya casi era de noche y empezaba a oscurecer. Además, ya hacía fresquito. Empezamos a dirigirnos a la casa, llenos de polvo y sudados de tanto juego. Todos corríamos hacia dentro, pero nos obligaron a lavarnos manos y a la rutina de cada día: baño, pijamas y a la cocina para ayudar a poner la cena. Lilva siempre decía que mi madre no era una gran cocinera, pero en repostería era la mejor.

Cenamos y, como cada día, nos acompañó a nuestras habitaciones, dándonos besitos y tapándonos con mantitas de ganchillo que la tía Pili realizaba. Hacía maravillas de ganchillo con sus manos: vestidos, bolsos y demás cosas. Por fin mamá y papá consiguieron acostarse e hicieron repaso del día. Encima, ella tenía doble trabajo. Por un lado, clases por las mañanas a las futuras profesoras de corte y confección; por otro lado, los vestidos de novia y encargos solo de fiesta. Mi madre era incansable, su energía era contagiosa

Por fin llegó el sábado, el día de visitar a la abuela. Juan me comentó esa misma mañana:

—Cuando lleguemos a casa de abuela saludamos, hacemos que nos dirigimos al jardín a jugar y nos escapamos donde está el dinero escondido.

Así lo hicimos. Tras nuestra llegada preguntamos si podíamos ir a jugar fuera y como dos críos formales salimos corriendo por el pasillo y bajamos apresurados por las escaleras rumbo a la puerta principal. Miré hacia a la ventana y allí estaba mi madre saludándonos. Alzamos la mano y disimulamos que jugábamos al pillapilla. En cuanto Juan vio que mi madre desapareció de la ventana, me comentó que corriera.

Juan era tres años mayor que yo y cumplía once años justo esa semana, el 24 de noviembre. Entre nosotros hablábamos qué haríamos con el dinero, si comprar un par de bicicletas, mientras corríamos sin parar en dirección a la casa inhabilitada. No parábamos de reír, como siempre. Ya estábamos a punto de llegar y nos detuvimos delante de la casa. Tenía una puerta de hierro de dos metros, casi oxidada y con cadenas que no permitían la entrada. Estaba todo lleno de hierbajos, parecía un lugar muy abandonado y tenebroso. Tiramos a cara o cruz para decidir quién de los dos saltaría la valla mientras el otro vigilaba. Pues bien, así lo hicimos, con tan mala pata que me tocó a mí, como siempre. A veces me pregunto si Juan hacía trampas. Siempre ganaba él.

La verdad es que me moría de miedo, aunque mi hermano se hacía pasar por fuerte. Juan sin miedo, así le llamaba a veces yo. Me armé de valor, así que sujeté mi cabello, arranqué una cinta de raso que tenía en mi vestido y empecé a trepar por la puerta de hierro. Apenas podía, pero como era muy delgada pude deslizarme entre las dos puertas principales. Justo cuando estaba llegando a la casa mi hermano me dijo que tuviera cuidado y me dirigiera a la derecha, como si fuera a los establos.

—Justo en el primer establo, en el suelo, en una esquina. Coge lo que puedas y excavas.

Me dirigí donde señaló Juan y, sudando de miedo, vi una especie de pala, que apenas podía manejar. Le grité a Juan para que me ayudara, pero no escuchaba muy bien y contestaba desde el otro lado que siguiera. Ya teníamos poco tiempo. Empecé a excavar casi sin poder. El foso estaba a un cuarto del objetivo cuando sentí un ladrido. Mi asombro hizo que por un instante quedara paralizada. En ese momento me podía más la curiosidad que el susto y procedí a seguir. En segundos apareció justo delante de mí un perro negro bastante grande, parecido a un perro de presa. Poco a poco solté la pala y salí corriendo y gritando, no quería ni mirar atrás. Ya casi veía la puerta y Juan me hacía señales de que subiera por la puerta. De un salto subí y pude cogerlo de la mano para que me ayudase a bajar. Justo al saltar me doblé el pie y caí en el suelo de golpe. Mi corazón estaba a punto de estallar. Le dije a Juan que mirara si veía al perro, pero no había señales de él en todo el entorno. A duras penas intenté ponerme en pie y cogida a su hombro empecé a alejarme de allí. Nos fuimos directos a casa de mi abuela. Seguro que estaban buscándonos. Durante todo el camino apenas ni hablamos, solo estábamos apresurados en llegar a casa de nuestra abuela.

A unos metros de la puerta principal estaba mi madre con los brazos cruzados y con cara de pocos amigos. A medida que nos acercábamos, yo no paraba decir: «¡Ay, Dios! Se enfadará mucho con nosotros».

—Hola, mamá —la saludé con cara de no haber roto un plato.

—¿Dónde rayos estabais?

—Disculpa, mamá, fui yo. Tenía mucha curiosidad tras varias noches soñando que había dinero enterrado en una casa cerca de aquí y, como estábamos aburridos, le dije a Juan si íbamos a dar un paseo y de paso a investigar qué hay en esa casa, mami. El caso es que no pudimos, ya que salió un perro negro corriendo detrás de mí y me dio mucho miedo. Y justo cuando corría mira lo que me hice, mami. Apenas puedo caminar.

—Lilva, te he dicho muchas veces que no te alejes de la casa sin mi permiso. ¿Y tú, Juan?

—Mamá, lo siento de verdad, pero yo también tenía curiosidad.

En ese momento salió mi padre y ordenó que entráramos y que nos despidiéramos de todos, ya que no quería que se hiciera tarde, pues la carretera apenas tenía iluminación. Entramos al caserón y nos despedimos de la abuela. Durante el trayecto de vuelta, mi inquieta curiosidad volvió a aflorar y le pregunté a mi padre:

—¿Quién vivía allí, papá?

—¿Por qué? —me preguntó él muy extrañado.

—Es que paseando un día por allí vi un perro negro grande que nos miraba y sentí mucho miedo.

—Hace muchos años que no vive nadie allí —explicó papá—. Recuerdo un perro de presa canario, pero también murió al poco tiempo junto a su amo. Un incendio devastador creo, hija.

Me quedé callada y miré a mi hermano. Gracias a que mi madre puso la radio y sonaba *Dream a little dream of me*, con Ella Fitzgerald y Louis Armstrong. Con cara de asombro nos apoyamos en los reposacabezas y nos quedamos dormidos hasta la llegada a casa.

Cuando llegamos desperté y salimos corriendo. Con pocas ganas, después de ponernos los pijamas, cada uno se marchó a su habitación. Mamá esa noche se quedó preocupada, apenas cenó y se metió en cama.

El siguiente fue un día raro. Vino a casa la vecina de toda la vida. Estuvieron hablando casi a escondidas y no pude escuchar, pero yo no entendía qué estaba pasando. Me fui a la cama preocupada; no paraba de pensar en esos días y en el secreto de mi abuela.

Mi padre preguntó qué nos parecía si nos acercábamos a visitar a su tío José. Era agricultor y siempre que pasábamos por allí nos regalaba sacos de patatas, zanahorias, cebollas y tomates. Pensó que no estaría mal hacerle un pequeña visita.

La casa de su tío José estaba retirada del campo y el coche tuvo que dejarlo bastante alejado y recorrer un par de kilómetros hasta las tierras. Nos bajamos del coche y papá le comentó a mamá que no hacía falta que fuésemos todos hasta donde estaba su tío y que mejor nosotros nos quedáramos hasta su llegada en una piedra bastante grande, justo protegida por un arbusto de mimosa. Así lo hicimos. Me senté junto a mi madre, cantando *Malagueña salerosa*. Cada vez cantaba más alto. Mi madre me dijo que bajara la voz un poco. Además, se estaba metiendo un poco de viento. Me acurruqué junto a ella cuando escuché un ruido bastante fuerte que venía de detrás de nosotras. Nos abrazamos fuerte y mamá nos tapó para protegernos. Sonó un ruido como de avión o algo parecido que hizo sombra, pero el tamaño de la sombra era tan grande que casi parecía un anochecer. Por unos segundos no levantamos la cabeza. Cuando parecía que había pasado, levanté lentamente la cara y ya no divisé nada. Me levanté tan rápido como pude y salimos corriendo a los brazos de mi padre apresuradas, hablando las dos a la vez, dando explicaciones de lo que pasó por encima de nuestras cabezas. Era enorme y con un ruido atroz.

Aunque mi padre trató de quitarle importancia, miraba mi cara de asombro. Afirmó que seguro que había sido un ave y me dijo que no le diera más importancia de la que tenía.

—¡Démonos prisa y vámonos a casa!

De camino al coche, atravesando un campo de papas, nos detuvimos a lustrarnos los zapatos con un pañuelo. No había palabras y entre mamá y papá no se logró encontrar una causa a la que atribuirle lo sucedido. En el camino hablamos sobre la situación del tío. Él tenía muchas ganas de comer con todos y trasladarnos los hermosos momentos de su vida.

Al día siguiente, ya anocheciendo, mamá y yo nos dirigimos a la habitación secreta y cuando estuvimos a solas procedimos, como de costumbre, a colocar unas velas por todas las almas y familiares, pero ese día cambió algo. Notábamos algo especial, una pequeña melodía que se repetía. Mamá me preguntó si escuchaba una suave y dulce canción. La miré asustada y moví la cabeza con una afirmación. Me explicó que la leyenda cuenta que las brujitas salen por la noche a bailar en la montaña mágica de Tindaya y danzan toda la noche. Además, nunca van solas. ¿Igual fueron ellas, que llegaban tarde a su verbena? La leyenda dice que toda persona que ayude a una de ellas será elegida y protegida.

—No te preocupes. Si fueron ellas, seguro que algún día nos ayudarán, ya verás. —Sujetó mi mano y me abrazó muy fuerte—. No te preocupes, cariño. Ahora estamos más protegidas que nunca, preciosa. Vamos a cenar y mañana será otro día. Ahora tienes que descansar. Hoy ha sido un día muy largo, tesoro.

Rezamos y cerramos la puerta con llave. Así nos asegurábamos de que no entraría nadie. Mientras me acompañaba a mi habitación, rodeé con mi manita la cintura de mi madre y apoyé la cabeza en su cadera. Apenas quedaba en pie nadie, todos ya estaban casi dormidos. Mamá me ayudó a sacarme la ropa e intercambió conmigo su camisón de color rosa largo, con un volante bordado a mano. Era un regalo de Lola, muy amiga de la familia. Siempre explicaba que aprendió en Córdoba. Tenía unas manos maravillosas para coser y bordar.

De noche a veces me pasaba ratos pensando en lo mágicas que eran mi madre y mi abuela y podía estar navegando en mi imaginación horas y horas. Claro que al día siguiente no habría quién me levantara.

Al siguiente sábado estaba de vuelta en casa de mi abuelita. Mientras los demás merendaban, corrí a su falda y le pedí que me contase alguna leyenda.

—Querida, es más que una leyenda. Me contó mi madre que existía una luz misteriosa que aparecía en lugares oscuros y silenciosos y que, además, si la observabas fijamente se acercaba a una velocidad bastante rápida. Recuerdo que mi hermano tenía que entregar un cargamento de víveres a unos veinticinco kilómetros y tenía que viajar de noche, ya que era importante tener la mercancía para la apertura de la tienda de comestibles. La visibilidad era escasa debido a la oscuridad, pero cuando llevaba unos diez kilómetros divisó como si fuera un solo faro de coche que deslumbraba. A medida que miraba la luz cada vez estaba más cerca y en unos segundos se plantó delante del capó una especie de luz blanca azulada, sin más, saltando de un lado para otro de la carrocería del camión. Se quedó exhausto tras los destellos. Como la luz flotaba en el aire de un lado para otro, aunque el miedo le podía, sentía una atracción especial. Todo esto duró no más de quince minutos, pero fueron los minutos más largos de su vida. Justo cuando estaba a un kilómetro del pueblo de

Betancuria dio un salto repentino y desapareció. Estuvo mucho tiempo sin contar esa historia. Pasado el tiempo, cuando supo que hubo gente que también pudo verla, entonces empezó a contar su experiencia. Él siempre contaba que fue otra persona después de tener esta experiencia. Pero aún hoy en día nadie sabe qué fue realmente, si leyenda o realidad, querida niña. Mañana te contaré otra historia de mi abuelo que te fascinará.

—Por favor, ahora, abuela.

—Pues hablaré con tu madre e intentaré que puedas quedarte esta noche aquí y así te contaré con más tranquilidad, ¿te parece?

—¡¡Perfecto!!

Mi abuela y yo nos dirigimos al salón, donde se encontraba el resto de la familia tomando una copita de vino. La abuela preguntó a mis padres si dejaban que me pudiera quedar a dormir y a la mañana siguiente pasaran a buscarme. Así lo hicieron. Mientras nos despedíamos, mamá intentaba recordarme que fuera amable con la abuela.

—Y nada de pasear por los pasillos a solas —advirtió.

A duras penas la abuela se acercó a la puerta principal y cerró bien con doble cerradura, ya que tenía mucho miedo de que volvieran a entrar en su casa. Además, no hacía mucho que habían robado algunas joyas, dinero y un par de cuadros de la familia, aunque no hubo manera de investigar ni de encontrar nada. La Guardia Civil siempre creyó que el autor podría ser un conocido.

La abuela agarró mi mano y nos dirigimos a su cama. Me ayudó a subir, me tapó con su manta de rayas de color verde pardo y blanco y empezó a contar:

—Recuerdo que mi padre era un hombre muy serio y muy leal, bastante reservado y muy trabajador. Obtuvo unas tierras en herencia de sus abuelos. Cada amanecer recorría sus tierras para controlar que todo estuviera bien. Un amanecer de invierno, con mucha niebla y frío, atravesó su terreno y en medio divisó algo en el suelo. A medida que se acercaba no daba crédito: era el cuerpo desnudo de una mujer con pelo largo y negro, de piel blanca. Se acercó y parecía que estaba dormida. Cogió su capa y la tapó, le acarició el pelo y continuó andando con un frío atroz. Aligeró el paso hasta llegar a su casa. Durante días pensó en la chica, en cómo se llamaría, en su desnudez y en por qué estaría allí sola. Al día siguiente llegó una notificación. Tenía que presentarse en el juzgado de Las Palmas. Se llevó la peor de las sorpresas. Tuvo que partir en unos días.

A su llegada a la isla recorrió el barrio de Vegueta[5], por el que dio un largo paseo. Sacó su alforja y comió un bocadillo de queso duro majorero. Miró la hora y continuó su camino hasta el juzgado. A medio camino cruzó justo por la calle Triana y una señora desde un balcón levantó la mano y le indicó que se acercara. Paró un momento, levantó la cabeza y, aunque dudó por un instante, se dirigió a su portal. Subió y allí estaba ella, una chica de unos treinta años, hermosa, con ojos azules y pelo negro sujeto por un moño muy elegante.

—*Hola* —*dijo ella.*
—*Perdona, no quiero ser descortés, pero ¿nos conocemos?*
—*Sí. ¿Te acuerdas de que hace un mes andabas por unas tierras y te encontraste con una chica desnuda en el suelo?*
—*Sí* —*contestó él.*

---

5. Barrio emblemático e histórico de Las Palmas de Gran Canaria.

—Bien. —Soltó su cabellos negros, le miró fijamente y le dijo—: ¿Ahora sí?

—¿Eres tú? —preguntó sorprendido.

—Sí —confirmó ella—, y te quería agradecer el favor. Fuiste muy galán y por ese bonito gesto te ayudaré. ¿Verdad que vienes a un juicio por unas tierras? Pues no te preocupes por nada y vuelve a tu casa, que está arreglado.

—¿Cómo? —preguntó algo desconfiado—. ¿Pero me voy y ya está?

—Si de verdad confías en mí, te puedes ir. Y verás que en unos días recibirás la notificación de que has ganado el caso y ese trozo de tierra será tuyo. Es lo mínimo que puedo hacer por tan bello gesto. Nosotras a veces hacemos danzas en las montañas, pero con un inconveniente, que a las doce de la noche nos quedamos inmóviles hasta el amanecer en el Bailadero de Brujas, en Tindaya.

—¿Entonces eres una…?

»Ella sonrió, le dio un beso en la mejilla, le volvió a dar las gracias y cerró su puerta. Bajando las escaleras no daba crédito a lo sucedido y, casi hipnotizado por su voz, caminaba con una sensación extraña, pero feliz de pensar que tendría la totalidad de sus tierras. Percibió una enorme tranquilidad. Recorrió la ciudad durante una hora hasta llegar a la fonda, donde cenó una buena sopa de cebolla con pan y un buen vaso de vino. Se dirigió a su habitación, se metió en la cama y a las seis se levantó para coger el barco que le llevaría a Fuerteventura de vuelta. Pasada una semana tocaron en su puerta. Era el cartero; tenía una notificación del juzgado que ponía que estaba todo solucionado y el trozo de tierra volvía a ser suyo. Durante mucho tiempo contaba mi madre que nadie entendió nada, incluso él. Tampoco comentó nada con nadie, pero de una manera u otra cambió algo en él. Apenas salía durante el día y trabajaba en las tierras de noche. Mi madre siempre pensó que igual el motivo de salir por las noches era ella, la mujer desconocida.

La casa misteriosa

Quedé adormilada. Mi abuela cogió la manta y me tapó con un gesto tierno.

A la mañana siguiente mi padre se acercó a recogerme. Subió las grandes escaleras de madera maciza y recogió una bolsa que tenía unas patatas y unos tomates que la abuela guardó para ellos. Era de la recolecta de las tierras cercanas de sus vecinos. Eran muy amables y a veces hacían intercambios de comida.

Nos entrelazamos en un abrazo y con voz tenue la abuela me dijo al oído:

—Te espero el próximo sábado. No faltes, ¿vale?

Sacó de su bolsillo un pañuelo algo usado y se secó las lágrimas al ver cómo se alejaba el coche y mi cara apoyada en el cristal, saludándola.

Papá y yo proseguimos el camino, durante el cual le conté entusiasmada las historias de la abuela. Le pregunté muchas cosas a mi padre y por qué la familia no la quería solo porque era diferente. No lo podía entender y no paraba de preguntar. Él detuvo el coche e intentó explicar que no era una mujer convencional y que no llevó una vida como todas las mujeres de su época.

—Es muy complicado explicar según qué cosas para una niña de tu edad, así que continuemos el tramo, que si no mamá se enfadará. ¿Quieres que estemos a la hora de comer? Además, viene Lola a almorzar.

Aparcó, como de costumbre, justo delante de la casa, donde se escuchaba bastante bullicio. Adelanté a mi padre. Con bastante ímpetu y garbo, Juan abrió el portón y los dos salimos disparados directamente al patio, a jugar con el pequeño camión. Mientras, mamá salió a recibir a papá y preguntó qué tal nosotras.

—Todo genial, María. Estaba muy curiosa por toda la historia que mi madre le ha contado.

Mi madre quedó pensativa y nos adentramos en la cocina. Mientras mamá preparaba la mesa junto con mis hermanos, por unos segundos se giró hacia mí y con una ligera sonrisa nos cruzamos miradas cómplices. Aquellos ojos verdes pardos de mamá traspasaban. Incluso a veces pensaba que me leía la mente.

Entre conversaciones de mis hermanos nos deleitamos con un arroz a la cubana, plátanos fritos y judías pintas. Aunque era una comida sencilla, la mezcla de los sabores, con ligerezas dulces, me apasionaba.

Al anochecer, todos casi agotados ya, estaba terminando de jugar con los recortables de muñecas de cartón, quitando vestidos y poniendo otros. En cambio, mis hermanos casi se estaban peleando por construcciones de camiones, cuyas piezas fabricaban ellos mismos con trozos de metales. Era casi una obra de arte.

Mamá pasó a dar las buenas noches, como de costumbre. Cuando se acercó a mí me preguntó preocupada si todo iba bien. Con una sonrisa de felicidad le respondí que sí y que la vida de mi abuela era fascinante, pero mi madre, cautelosa, dijo que intentase olvidar según que leyenda. No obstante, yo le dejé claro que quería ser investigadora. Ella, contenta, me dijo que era una idea genial, pero que, por favor, tenía que descansar y soñar con los angelitos. Mañana sería otro día. Así lo hice y soñé con mis ansias de volar, imaginando que volaba sin cesar.

Justo esa semana acabamos el curso escolar y llegó el ansiado verano de largas tardes al sol y baños incansables en mi amada playa de fina arena gris, casi como si de polvo se tratase. Pasaba horas en el agua con mis hermanos. Casi tiritando y con las yemas de los dedos arrugadas como una pasa, empezábamos a salir del agua apresurados para ver quién cogía la toalla primero, aunque varios enfados entre nosotros nos costaron algún que otro castigo sin cenar antes de acostarnos. Mis padres no soportaban que nos enfadáramos entre nosotros. La verdad es que por lo general nos llevábamos bien, exceptuando, a veces, cuando simulábamos quién conducía el camión de papá. Ahí sí que nos enfadábamos unos con otros, pero siempre ganaba Juan. Yo, la verdad, me quedaba conforme.

Era muy tranquila en clase y destacaba por mis excelentes notas. Mis padres decidieron inscribirnos en las monjas alemanas, prestigiosas por su estricta educación; pero así como mi hermana nunca tuvo problemas, a mí, en cambio, me amarraban la mano izquierda para así evitar que tuviese tentaciones (ya que era zurda) y conseguir que escribiese con la derecha, aunque me resistía. Tuve varios castigos. En un par de ocasiones incluso llegaron a ponerme con dos libros bastantes pesados, uno en cada mano, durante treinta largos minutos. Pero prefería estar erguida y como si no pasara nada antes de que me vieran a punto de tambalear.

A veces mi orgullo me jugó malas pasadas, en el colegio bastantes veces. Era muy tozuda y quería escribir con mi mano izquierda. Aun así, llegaba a casa y practicaba con las dos manos durante casi dos horas al día y así, en el trascurso de un curso, llegué a ser ambidiestra. Mi madre no salía de su asombro, fascinada de que con tan solo ocho años pudiera tener la capacidad y el trazo perfecto. Jamás las monjas conocieron dicha habilidad. Ya me encargaba yo de disimular; si no, sabía que era castigo asegurado. En cambio, ninguno de mis hermanos era zurdo.

Durante un par de semanas no pudimos visitar a la abuela, pues estuvo con gripe y no la dejaban ni acercarse a la casa por miedo a que papá se contagiase, ya que padecía de los pulmones y era un riesgo. Además, a mamá tampoco le hacía mucha gracia por nosotros, por si nos pudiéramos contagiar también.

Desayuné, como siempre, un tazón de leche fresca y dos cucharadas de gofio[6] de maíz y cero azúcar, siguiendo las recomendaciones de mi abuela y su teoría de que mientras más azúcar tomase los dientes desaparecerían cuando fuera una señorita. Era una manera de que no ingiriese más dulces, ya que era muy golosa y hasta los plátanos me gustaba rociarlos con azúcar de caña molida.

A veces dudaba de esa teoría, ya que mi vecina Lola siempre comía muchos dulces y tenía una dentadura maravillosa y blanca. Más de una vez incluso le pregunté si eran de verdad y alguna vez vi que se molestaba por dicha pregunta, pero tenía verdaderas dudas al respecto.

Al término de mi nutritivo desayuno, en vez de seguir donde estaban todos, correteando en el patio, lo atravesé como si fuera casi invisible y me dirigí a la habitación secreta. Encendí una velita, junté mis manos y recé un padrenuestro por mi abuela y su pronta

---

6. Harina gruesa de maíz, trigo o cebada tostados, a veces azucarada.

mejoría. Subí a un taburete que tenía por allí y recolecté de la pared un ramillete de llantén y menta seca. Lo introduje en una bolsita, conocimiento que guardaba de mamá, que me entregó para mi cumpleaños un recetario para los remedios caseros.

Cerré la puerta minuciosamente y disimulé a la salida de la habitación mirando para otro sitio, pero observé que todos no estaban en el patio. Fui corriendo a la habitación de mamá, donde había un arca de mi abuela en la que se guardaban mantas y demás menaje de casa. Allí escondí la bolsa y salí corriendo como si no pasara nada.

Salí en busca de Juan y nos dirigimos al camión, que estaba en la misma puerta de casa. Jugueteamos en él hasta que todos estuvieran listos para dar una vuelta.

Justo a la media hora de jugar escuchamos que ya estaban listos para dar un paseo por la avenida. Correteamos por la playa mientras nuestros padres se quedaban sentados en un banco, observando a la gente pasar y saludando a unos y otros conocidos del pueblo. Papá siempre se quejaba de lo mismo, de que estaba cansado de levantar el sombrero para saludar, e hicimos bromas sobre eso. Decía que parecía un baile, sentarse y volver a ponerse en pie.

Fueron tardes maravillosas con la brisa marina, el murmullo de los niños correteando, gaviotas que iban y venían y transeúntes que apenas se paraban por un rato a mirar el ansiado mar.

—¿Qué te parece si organizamos para este sábado una visita a tu madre? —le preguntó mamá a papá.

—Pues genial. Estará muy enfadada, pero ya sabes que si viene Lilva cambia de humor al momento.

—La verdad es que me tiene muy preocupada la niña con todas esas leyendas. Tampoco quiero que se lo tome a la tremenda y que desvíe sus estudios a esas cosas, ¿no te parece?

—No te preocupes, son cosas de críos. Pero ya sabes que es una niña especial y heredó cosas tuyas y de mi madre y contra su curiosidad no hay nada escrito. Será una buena profesional haga lo que haga, de eso no me queda duda, pero especial lo será siempre.

—Y eso es lo que me preocupa a veces, pero no me quita el sueño. Lilva es fuerte y valiente.

Apenas estaba anocheciendo y mi madre se acercó a la arena a recogernos a todos. Fue entonces cuando observó algo que brillaba en la arena. Era una moneda y se la guardó en medio del seno.

—¡Va, nos tenemos que ir ya, mis niños!

Todos comenzamos a ponernos las camisetas y las chanclas para regresar. De camino a casa, mientras avanzábamos, sacó de su entrepecho la moneda y la introdujo en mi bolsillo, comentando que me traería suerte.

—Gracias, mami. —La rodeé con mis brazos por la cintura y proseguimos el camino hasta casa.

Justo a la llegada, en la misma puerta, nos quitamos las chanclas y fuimos directos al patio para no ensuciar mucho la casa de arena. Papá alargó la manguera hasta la mitad del patio. Todos estábamos bien preparados, en bañador y con las manos alzadas, con el desespero de quién sería el primero en mojarse. Jugábamos con el trozo de jabón e intentábamos hacer bombas de espuma; el primero que las explotara tendría un premio que cada día nos inventábamos. A veces mi padre se desesperaba, pues quedaba todo perdido, pero era un paraíso para nosotros.

La verdad, estaba muy cansada de jugar con mis hermanos y además al día siguiente tenía que levantarme temprano para la ansiada visita a la abuela. Lo preparé todo la noche anterior. Cogí la bolsita de hierbas y la introduje en mi pequeño bolso de tela de colores; siempre andaba con él a todos lados. Por fin me fui a la cama y en unos minutos, como de costumbre, vino mamá a dar las buenas noches.

—Intenta mañana no acercarte mucho a tu abuela, por favor. Recuerda que está aún convaleciente y no está para muchos trotes, ¿vale?

—Tranquila, mamá, pero necesito escuchar sus historias, me apasionan. Y quiero hacerle una pregunta.

—¿Qué pregunta es?

—No puedo decírtelo. Es un secreto, mami.

—Bueno, pues descansa. Hasta mañana.

Recuerdo que me apasionaba que mamá viniera a mi cama y me arropara. Era reconfortante sentir el calor de las sábanas tersas hasta casi impedir que te movieras.

Siete de la mañana, sonó la campana del despertador. De un salto quedé en pie, aunque siempre intentaba no molestar a mis hermanos para que no se levantaran. Además, me gustaba ir con mis padres a solas. Así toda la atención de mi abuela sería para mí. Y más que su atención, sus secretos mejor guardados.

Miré un vestido blanco con bordados de rosas en las mangas, fruncido a la cintura, y me dirigí a la zapatera de mi habitación a buscar unas merceditas blancas. Cepillé mi pelo rubio con ondas, pero volví a mirarme y no me gustó nada cómo me quedaba, así que agarré una goma negra e intenté hacer una cola de caballo.

Salí escopeteada de la habitación en busca de mi padre; miré por la ventana y ya estaba en el coche, calentando el motor mientras mamá estaba terminando de hablar con todos y esperando a que viniera Lola para quedarse con ellos hasta su vuelta. A su salida, Juan se asomó por la ventana y le preguntó si quería que fuera con ella, pero dijo que no.

Comenzamos la marcha. Yo no me despegaba del cristal de atrás; con una dulce sonrisa tiraba besos al aire a mi hermano Juan hasta que casi no lo divisaba a lo lejos. Me di la vuelta y de un salto quedé sentada, pensativa, mirando el paisaje, árido hasta unos quince kilómetros, hasta casi el siguiente pueblo.

Estábamos llegando. Desde la carretera, la casona siempre me pareció como un pequeño castillo: grandes dimensiones y esa carretera individual hasta el porche. Era casi de película. Papá aparcó donde siempre y mamá abrió la puerta de detrás, donde estábamos. Bajé corriendo, aunque mi padre me paró de golpe y me pidió por favor que no tocara nada y abrazos tampoco. Solo una distancia considerada para no contagiarse de gripe.

Mis padres se adelantaron y yo iba la última. Subimos la escalera hasta la habitación de la abuela. A lo lejos se la escuchaba gritando el nombre de Lilva. Yo no pude resistirme; solté la mano de mi madre y corrí hacia ella, pero cuando la vi en la cama tumbada, con el cabello gris suelto y muy pálida, recubierta con una mancha marrón cerca del pecho, la verdad es que me impresionó bastante. Sujeté un pañuelo, me tapé la boca y fui acercándome poco a poco. La noche anterior estuvimos cocinando un bizcocho, que ella tanto disfrutaba. Decidimos dejarlo en la cocina, pero nuestro gran susto fue cuando entramos y observamos que todo estaba lleno de cacharros sucios y por el medio. El suelo se pegaba de tanta grasa. Mi madre estuvo a punto de vomitar, pero se remangó y se puso a limpiar todo aquello. Pidió a papá que bajara y lo envió a buscar papas y verduras al cobertizo para hacer una crema y así dejarle comida preparada.

Mientras conversábamos, no paraba de insistir a mi abuela para que siguiera contándome más historias. La pobre me invitó a merendar, pero me negué. Busqué excusas, ya que me daba apuro. Ella tenía muchas ganas de explicarme lo mal que había estado esos quince días sin apenas tener ayuda y lamentó, casi a punto de llorar, que nadie había ido a visitarla, incluyéndome a mí. Me entró una angustia tremenda. Intenté hacerle ver que lo sentía mucho, pero que no habíamos podido, ya que Lola no podía quedarse con mis hermanos.

—Bueno, ya que estás aquí, baja y tráeme un vaso de leche, corre.

—Enseguida, abuela.

Como pude corrí a la cocina e intenté coger un vaso de leche pese a que estuve a punto de caerme.

—Ten cuidado con las escaleras y de no tirar nada, por favor.

Subí casi de puntillas para no balancear la leche. Mis pequeños pasos eran más lentos y la abuela no paraba de gritar que fuera más deprisa.

—¡Ya casi estoy, abuelita! ¡Voy!

Justo cuando dejé la leche en la mesilla de noche derramé unas gotas y se puso a gritarme de tal manera que del susto me quedé paralizada mirándola. Enseguida rectificó y pidió disculpas, bajó la cabeza y comentó que no pasaba nada. Para quitar importancia al asunto, preguntó qué me parecía si empezaba a contarme una historia muy escalofriante que le ocurrió a su padre. En esto apareció mi padre, que preguntó por qué gritaba. Enseguida salté a contestar y dije que fue por mi culpa.

Pasado unos minutos envió a mi padre a casa del vecino a por leche fresca. Siempre dejaban las botellas de leche allí y así la propia vecina las acercaba a casa de la abuela para evitar que ella tuviese que bajar, ya que sus piernas flojeaban.

—¿Qué te parece si empiezo la historia?
—Genial, abuela.
—Como sabes, Rafael, el amigo de tu padre, tenía una pequeña casita. Los fines de semana se levantaban al alba a pescar y así sobre las doce de la mañana ya venían cargados de pescado para la comida y la cena. A veces tenían tanto que incluso regalaban a los vecinos. Pues hace exactamente tres años ocurrió algo incomprensible. Salieron como de costumbre, con sus cañas de pescar y una vestimenta que casi te diría que estaba hecha con los restos del armario que se recolectaban para regalar. De ahí pillaban unos pantalones viejos, un jersey con alguna rotura que otra y unas za-

patillas viejas de goma con calcetines para protegerse del frío de la madrugada. También llevaban una cesta de mimbre para la recogida del pescado. En una mano llevaban las cañas y en la otra, la cesta, cuyas asas cogían uno por cada lado. Dentro había una botella de ron Arehucas[7] blanco, un pan elaborado por María y aceitunas del país que la mujer de Rafael maceraba. Así salían, casi disfrazados, apenas sin que hubiera amanecido. Antonio se adelantaba siempre el primero para divisar la zona donde hacer acampada, soltaban los utensilios y procedían a poner en el anzuelo las carnadas. Rafael se tomaba un traguito de ron para calentar la tripa, como decía él, y Antonio prefería esperar a más tarde. Se ponían de pie, lanzaban sus cañas y a esperar que picasen. Así es esta afición, querida niña. Pero ese día, cuando apenas llevaban una media hora, más o menos, por sorpresa se iluminó el cielo con una especie de luna potente que latía en el firmamento e iluminó el lugar donde estaban ellos. Perplejos ante semejante e inesperado fenómeno, apenas podían pronunciar palabra. Soltaron las cañas, se agacharon y se abrazaron mirando esa especie de luna, que se introdujo en el mar y desapareció de golpe. Rafael preguntó qué hacían, pero estaba extasiado. Antonio, para quitarle importancia, dijo que seguro que era un fenómeno de esos raros, pero que mejor se olvidaran de contárselo a nadie, ya que parecería una invención y sería difícil de explicar. El caso es que terminaron de pescar y esa noche fue bastante fructífera, ya que pillaron muchas viejas[8], unas quince, cosa que a

---

7. Ron canario.

8. La **vieja** es uno de los peces más apreciados y emblemáticos del Archipiélago Canario. Esta especie de **pez loro**, es un ejemplar muy activo y curioso que destaca por la belleza de su colorido. Este bonito pez no es exclusivo de Canarias, también habita mares templado-subtropicales del Mediterráneo y Atlántico nororiental: desde el sur de Portugal y Golfo de Cádiz hasta Senegal, incluidas las islas de Azores, Madeira, Salvajes, Canarias y Cabo Verde.

veces era algo difícil de obtener. Volvieron a sentarse y cortaron un trozo de pan, que acompañaron con unas aceitunas y un trago de ron. Una vez que reposaron ese tentempié, comentaron que sería mejor volver pronto. Los dos enseguida dijeron que sí, empezaron a recoger todos los pescados en la cesta y se pusieron en camino. Durante el trayecto de vuelta apenas hablaron. Quizás el miedo se apoderó de ese inesperado momento sin explicación alguna. Cada uno se dirigió a su casa y quedaron para volver en un par de días. Así tendrían el congelador lleno y de paso practicarían lo que más les gustaba a los dos. Durante unos días Antonio estuvo bastante pensativo, incluso lo comenté con tu madre, pero de todas formas ya lo era, así que no le dimos importancia. El caso es que a los cuatro días volvió a comentar que se iba a pescar con Rafael. Y así fue; quedaron donde siempre y se dirigieron a otra roca, un poco más lejos de la última. Eso ya era normal en ellos debido a sus teorías sobre las corrientes marinas y las horas del amanecer. Según esas teorías, dependiendo de las zonas y de las corrientes podían pasar bancos de peces o no. El caso es que, como de costumbre, procedieron a ordenar todo para preparar las cañas. Justo cuando estaban de espaldas al mar vieron un reflejo que lo iluminó todo. Se quedaron quietos y empezaron a girarse poco a poco. Perplejos contemplaron cómo la misma especie de luna salió del mar, se mantuvo unos segundos en el aire, dio un giro de 180 grados y, casi como un cometa que deja destellos, desapareció en el cielo. Se miraron y casi con un suspiro volvieron a sentarse y a beber un trago de ron. No sabían qué hacer, incluso ni qué decir, pero lo que sí estaba claro era que la vida de los dos había cambiado. Rafael padecía de dolores musculares y Antonio tenía las manos siempre doloridas. Al cabo de un día ambos notaron cambios abismales. Se encontraban en perfecto estado y con más energía de lo normal.

—¿Quizás esa potente luz irradió sus cuerpos?

—No lo sé, querida, pero te puedo asegurar que pasó. Y meses más tarde se dijo que otros pescadores vieron lo mismo. La verdad es que no dieron parte ni la policía ni a nadie, pero puedo asegurar que esa luz de gran tamaño, fuese lo que fuese, sigue ahí…

—¿Pero puedo ir, abuela? ¿Me podría acompañar mi padre?

—Lilva, tu padre no quería que supieras de esta historia, ni tú ni nadie, así que guarda este secreto, ¿vale?

—Ya, abuela, pero yo quiero verla.

—No, querida. Te lo prohíbo rotundamente. Si no, dejaré de contarte secretos de familia, ¿vale?

—Vale, prometido.

Tras la historia de los pescadores no dejaba de pensar no solo en esa historia, sino en la luz de Mafasca y en los demás secretos que mi abuela me contó. Pasaba noches cuadrando en mi libreta de apuntes todas las leyendas e historias que ella contaba y noté que casi todas tenían relación entre ellas: el secreto de la luz. La verdad es que no cesaba de hacer preguntas y saltaba de una historia a otra. Sin lugar a dudas, cada vez estaba más cerca de vivir mi verdadera historia.

Mi abuela estaba muy agotada y comentó que mejor los dejáramos por hoy. Dejé de escribir, la ayudé a recostarse y la tapé con su manta favorita, de rayas verdes y blancas. Le toqué la frente y estaba algo caliente. Llamé a mamá por si podía subir a ayudarme, pero en vista de que no me escuchaba me dirigí al lavabo, mojé la toalla con agua fría y con delicadeza la dejé caer suavemente en su frente y le susurré al oído que la quería. Con esfuerzo me contestó que ella también y mucho.

La verdad es que la angustia se apoderó de mí en ese momento. Sentía como si mi corazón hubiera encogido. Salí de la habitación lentamente, apagué la luz y con señales de silencio le expliqué a mamá que la abuela estaba muy cansada y era mejor no molestarla. Así lo hicimos y bajamos al salón, donde estuvimos charlando del estado de la abuela y de cómo poder ayudar con la casa. Incluso papá propuso llevarla a casa durante un tiempo. En ese instante salté de alegría, pero mamá no tanto. Habían chocado unas cuantas veces y no le parecía muy buena idea, pero el entusiasmo era tan grande al ver mi cara que comentó que se lo pensaría.

Papá preguntó si queríamos merendar y se dirigió a la cocina a preparar un par de cafés y un vaso de leche para mí. Limpió la bandeja y los vasos, que estaban sucios de polvo. Bajó la cabeza y soltó una lágrima en vista del panorama que tenía. Se limpió las lágrimas y continuó hasta el salón, donde nos volvimos a sentar. Mientras tomaban el café, papá insistió en que tendría que llevar a la abuela a casa. Mamá respondió que si lo encontraba necesario y no quedaba otro remedio no había problema. Salté a darle un abrazo a mamá, tan fuerte que casi se hizo daño con el pendiente al estrecharme en su hombro. Papá le dio un fuerte beso en los labios en señal de agradecimiento por tan generosa acción. Le recordó que por eso se casó con ella, por su bondad y humildad.

Empezamos a recoger todo mientras ayudaba con la colada. Siempre me ha gustado el fresco olor a jabón y esa sensación de frescor en toda la ropa. La casa olía algodón limpio, ya estaba casi todo preparado.

Tenía la necesidad de que la abuela se despertara y estuviera muy feliz, así que no dudé y le pedí por favor a mi padre que pudiera convencerla de la buena noticia. Él aligeró su paso hacia su habitación.

—Mamá, despierta, que tenemos una gran alegría.

—¿Pero qué pasa con tanto jaleo?

—Te vienes unos días con nosotros hasta que te recuperes

—No, ni hablar. No pienso moverme de aquí.

—No es una pregunta, mamá, es una orden. Te vienes y ya está. Además, abajo están Lilva y María saltando de alegría.

—¿María? Pero si no le caigo bien, hijo.

—Va, mamá, te quiere mucho.

—¿Cuándo nos vamos?

—Ahora, va.

Papá le explicó que de este modo en unos días podría volver a su casa, así que la ayudó a vestirse y a bajar las escaleras, cosa que le costó mucho debido a su debilidad. Ella, mientras, protestaba por todo. Nosotras, en cambio, estábamos cerrando las ventanas y casi en la puerta, esperando para llevar los bolsos al coche. La sentamos en una silla en la puerta de la casa mientras fuimos a acercar el fotingo. Así estaría más relajada. Pensamos que era lo mejor para ella, aunque se mareó un poco y tuvimos que darle un vaso de agua. Mi padre la sostenía de una mano, dándole apoyo para poder entrar al coche, mientras yo intentaba poner sus cosas en el maletero, aunque entre mi poca fuerza y los nervios finalmente introduje todos los trastos de la abuela casi de un empujón.

La abuela pidió que bajáramos de nuevo y nos aseguráramos de que estaba todo cerrado. No dejaba de mirar para atrás y observar su casa desde fuera con una sensación entre la nostalgia y la desconfianza.

Durante el camino, mamá le dio un pañuelo blanco con la inicial «M» para que se lo pusiera en la boca, ya que tenía miedo de que contagiara, pero cuando mi madre no se daba cuenta yo la cogía de su mano y la apretaba. La abuela daba como un saltito de dolor y sonreía mirándome. Me hacía señales de que sus manos le dolían.

Papá encendió la radio y sonaba *Hello brother*, de Louis Armstrong. Mamá tarareaba la canción y reposó su cabeza. Me quedé adormilada sobre el hombro de mi abuela, tapada por el pañuelo. Mi padre abrió la ventanilla y sacó su mano por fuera. Entraba aire caliente, pero lo suficiente para que no molestara. No obstante, cerró rápido la ventana y pidió disculpas. Mi madre siempre decía que mi padre era tan educado que daba pena y siempre le hacía bromas sobre eso.

Solo quedó él despierto. Las demás estábamos dormidas, como de costumbre. Siempre comentaba que nuestro coche era algo parecido a una balsa de aceite, donde quedábamos relajados al poco tiempo de conducción. La verdad es que era cierto. El ruido del motor, el viento y el ligero movimiento eran casi como una cuna, ligeros movimientos relajantes.

A la entrada del pueblo siempre aceleraba y ahí empezamos todas a despertarnos. Ya se divisaba a mis hermanos jugando a la pelota justo delante de la casa. Sonó el claxon y se dieron la vuelta al encuentro del coche, que perseguían hasta que era aparcado. Papá y mamá les pedían que se apartaran del coche, pero ellos no hacían caso. Era como una fiesta el regreso de mis padres a casa y encima con la abuela, a pesar de que ni a Juan ni a Laia les caía bien.

Papá frenó y dejó el coche a unos metros de la casa. Mis hermanos se quedaron algo parados cuando vieron a la abuela algo desmejorada, así que apenas se acercaron y saludaron a unos metros de ella. Papá, mamá y yo nos encargamos de sacarla del coche y ellos me ayudaron a sacar todas sus pertenencias del maletero. Así no teníamos que dar tantos viajes a buscar las bolsas. A duras penas podíamos, pero conseguimos dejarlo todo delante de la puerta mientras acomodábamos a la abuela en mi cama. La tapamos con mi manta y fui a la cocina a buscar un vaso de agua para ella. Me encontré en el pasillo a mamá y le pregunté dónde iba a dormir yo.

—Pues con tu hermana, ¿te parece?

—Perfecto. Pero si no, podría dormir con mi colchón en tu habitación, mami. Prometo no hacer ruido. Y así estaré más cerca de la habitación donde está la abuela por si necesita algo a medianoche.

—Como tú creas.

—Piensa que tiene el sueño muy ligero y seguramente te despertará más de una vez en la noche.

Con una sonrisa de medio lado salí del pasillo y me encaminé al patio para hablar con mis hermanos. Les dije que tendrían que hacer un esfuerzo, ya que la abuela se quedaría unos días con nosotros hasta que mejorase de sus dolencias. Además, ya estaba mejor de la gripe, pero tras tantos días postrada en la cama tenía los huesos doloridos. Aunque no les hizo mucha gracia la presencia de la abuela en casa, se quedaron conformes y siguieron jugando en el patio.

Papá se dirigió a la habitación a ver a su madre.

—¿Cómo te encuentras, mamá?

—Muy dolorida, pero bien. Además, esta cama es más cómoda que la mía y huelen muy bien las sábanas.

En esto que entré a la habitación con un vaso de agua y con un paño blanco para no manchar la madera de la mesilla de noche. Mi madre era muy maniática con la limpieza y odiaba la marca de los vasos en los muebles.

Le pregunté a la abuela si necesitaba algo más, incluso si estaba cómoda. Me dio un beso en la mano y volvió a girar la cabeza para descansar. Cerré poco a poco la habitación y fui en busca de mis hermanos. Juan no paraba de preguntar por qué la trajimos a casa en vez de dejarla en la suya. No se llevaba nada bien con él, pero yo la excusaba de su mal carácter por todo lo que sufrió en su vida, así que intenté convencerlo de que tuviera mucha paciencia. Aunque a regañadientes, lo prometió.

Me dirigí a la habitación secreta a rezar por ella. Me daba mucha pena verla así. Abrí la puerta de la habitación y estaban las velas apagadas. «Igual fue del viento», pensé. Prendí una cerilla y encendí cinco velas, una para su pronta mejoría, cerré los ojos y recé un padrenuestro. Tenía unas ramas de lavanda seca; tomé un ramillete y salí de la habitación para dirigirme hasta el salón, donde había un mueble de caoba con una cristalería y donde guardaba mi madre los jarrones. Cogí uno, me dirigí a mi habitación y dejé el ramillete cerca de su mesilla, justo al lado del vaso de agua.

En su cuaderno tenía una receta que decía que el ramillete de lavanda olería bien y su aroma relajaría el espacio. Así se reconfortaría con su aroma.

Llegó la hora de la cena y, mientras mamá estaba cocinando varias tortillas francesas acompañadas de ensaladas y una sopa de cebolla para la abuela, me acerqué a la cocina, ya que tenía que llevarle la cena a la cama a la abuela. Mamá puso en una bandeja el plato de sopa y un vaso de agua, pero antes de salir me comentó que le añadiera trozos de pan, pues así estaría más apetitoso y, ya que carecía de algunos dientes, eso le ayudaría a pasar mejor la comida.

Atravesé el patio con mucho cuidado para no tirar nada al suelo y llegué a la habitación. Como tenía las dos manos ocupadas, abrí la puerta con el pie. Di un portazo y pensé que se enfadaría mucho, pero parecía bien dormida. A medida que me acercaba a la cama me fui percatando de que estaba en la misma posición en la que la dejé.

—¡Abuela! Tengo tu cena.

Dejé la bandeja en el mueble que había cerca de la mesilla y le toqué el hombro, pero no respondía. Le besé la frente, pensando que así despertaría, pero estaba muy fría. Volví a tocarla y no se movía. Intenté poner mi oído en el corazón y no sentí nada; entonces di un salto para atrás y empecé a llorar. Caí al suelo, pero no podía pronunciar palabra. Enseguida corrí en busca de mi madre y cuando nos encontramos me abracé fuerte a ella y no paraba de llorar.

—¿Qué ocurre, Lilva?

Apenas podía emitir sonidos, solo el llanto. Hice señales de que me acompañara y deprisa corrimos a la habitación. Ahí yacía su cuerpo sin vida. Mamá se tapó la boca con las dos manos y rompió a llorar. Yo quedé en el suelo, llorando sin parar. En ese mismo instante entró mi padre y gritó:

—¡¡Mamá!!

Intentó calmarnos, pero al verme derrotada no pudo contener su propio llanto. Entrelazamos nuestros cuerpos, derrotados por la tristeza, y nuestros ojos llorosos se inundaron. Sin apenas decir nada, sentimos una terrible angustia que se apoderó de nosotros en silencio.

Transcurrieron pocos segundos y entraron en la habitación mis hermanos. Sin apenas pronunciar ni palabra, mamá les impidió que vieran semejante panorama, se apresuró a desalojarnos a todos de la habitación y dejó a mi padre a solas con el cuerpo sin vida de su madre.

Después de hablar con todos y dar la fatídica noticia, mi madre se percató de que yo no decía nada, así que se acercó y comentó que no me preocupara por ella, que estaba descansando y no sufrió. Yo, con los ojos llorosos, hacía señales hacia mi garganta y con las manos intentaba decir que no podía hablar. Mamá se quedó perpleja mirándome. Intentó mantener la calma y dejar pasar un rato. Creía que era algo pasajero, del mismo disgusto, y que seguro que al día siguiente volvería hablar. Sentí su abrazo reconfortante y limpió mis lágrimas. Se levantó con fuerza e intentó modular el drama que se venía encima.

Fue a la habitación, se llenó de valor, cubrió la cara de la abuela con un paño blanco y sacó a papá de la habitación para hablar con él, ya que tenían que llamar al párroco y a las vecinas para que ayudaran con toda la preparación del entierro. Papá le pidió por favor que se ocupara ella, ya que no se veía con fuerzas de hablar con la gente.

Esa noche apenas durmió nadie en la casa. Era todo bastante extraño: silencios, lloros e incluso miedo en los niños al ver a nuestra abuela, que yacía en la cama sin vida.

A medianoche empezaron a venir las vecinas para ayudar a amortajarla. La vistieron, la pusieron rodeada de velas en medio del salón y se colocaron todas a su alrededor rezando el rosario. En penumbra y en silencio, Laia y mamá se levantaron a hacer café para todas las señoras. Estas le preguntaban a mamá qué me pasaba, por qué no hablaba, y ella les explicó que era consecuencia del estrés *post mortem*, ya que la abuela y yo estábamos muy unidas.

Ya amanecía y algunas de las vecinas empezaron a ayudar en la casa, con la comida, arreglándonos a los niños… Aunque mamá no quería que vistiéramos de negro, por miedo de que hablaran mal de la familia pidió a las vecinas ropa negra de niños. A mí no me gustaba nada el vestido, pero para no hacer un feo a la vecina me vestí. Miré con cara rara a mi madre y le escribí en un papel que olía a naftalina, lo cual le sacó una sonrisa, ya que le hizo gracia mi expresión.

En esto que llegó don Francisco, párroco del pueblo, y dio el pésame a toda la familia. Se acercó al féretro y dio la extremaunción a la abuela.

Yo estaba en la puerta de la habitación donde falleció. Estaba decaída y muy triste; la muerte no entraba en mis planes. Tenía muchas preguntas que se quedaron sin contestar. Juan se acercó y me sugirió que mejor durmiésemos un poco, pero yo no quería. Allí estaba parada, mirando cómo todos comían y bebían como si nada hubiera ocurrido. Salí con disimulo y me dirigí a la habitación secreta, cerré la puerta y me puse a llorar desconsolada. Prendí una vela y se apagó, volví a encenderla y esta vez sí iluminó la habitación. No entendía por qué la abuela se había ido justo ahora. Intentaba hablar, pero no pronunciaba ninguna palabra, mis cuerdas vocales quedaron bloqueadas. Pensé que no volvería a hablar nunca más.

Tocaron en la puerta y enseguida abrí. Era mi madre. Entró, me abrazó bien fuerte y me dijo que tenía que descansar algo y que el día sería muy largo, así que prendimos dos velas y las dejamos allí. Justo al cerrar vi cómo una llama se alzaba bastante y se movía. En ese mismo instante recordé que la abuela decía que eran luz y que cuando alguien se iba daba señales que prendían el camino, así que abrí mis ojos, esbocé una ligera sonrisa y cerré la puerta.

Mamá me acompañó a la habitación de Juan para que descansara un rato. Además, todos los niños estaban dormidos. Ella aprovecharía para hablar con el cura para hacer la misa y proceder al entierro.

Mamá cogió del brazo a papá y se sentaron juntos. Lola les acercó una taza de café a los dos. Estuvieron hablando de la vida que llevó la abuela y de lo feliz que era con las visitas de su nieta cada sábado.

Ya era de día y sintieron el ruido del coche fúnebre, que aparcó delante de la puerta de la casa. Mi padre salió a abrir las dos puertas. Mientras tapaban el féretro, entraron cuatro hombres vestidos de negro y con cara de pocos amigos dieron los buenos días y levantaron la caja.

Papá salió llorando detrás. Yo fui la primera que salió de la habitación, pero mi madre me paró, explicándome que no podía ir al cementerio, que no era sitio para niños. Le escribí en un papel que ella tampoco fuese y se quedase conmigo y mis hermanos. Mamá me miró fijamente y dijo:

—Vale, hablo con papá. Espero que lo entienda. —Yo sonreí y apreté su mano al oír su respuesta.

Mamá se acercó a papá y le comentó que no podía ir, que yo estaba muy afligida y no quería dejarme sola, por lo que esperaba que lo entendiese. Así lo hizo él: no dudó en decirle que mejor se quedara con todos e intentara poner las cosas de la casa en su sitio. Así también nos entretendría a nosotros. Papá aseguró que en cuanto enterrase a su madre vendría lo antes posible y que no se quedaría a que todo el pueblo le diera el pésame, cosa que detestaba, la multitud murmullando y cotilleando.

En la casa ya estaban cambiando los muebles. Lola también se quedó. Salió de la cocina con unos rosquetes que hizo para mí y mis hermanos y se puso a jugar en el patio con nosotros. Yo no me separé de mi madre, excepto cuando dijo que me fuera al patio para poder entrar a mi habitación y sacar todas las cosas de la abuela. Escribí en el papel que sí, que mejor me quedaba con Lola en el patio. Así no vería cómo sacaban de la habitación las pertenencias de mi abuela.

Juan se percató de que mamá estaba sacando cosas de la habitación, así que se dirigió allí para ayudarle. Mamá le dijo que mejor se fuera, pero él respondió que así acabarían antes. Cogieron toda la ropa y las demás pertenencias de la abuela, las metieron en bolsas y las sacaron fuera hasta que llegara papá.

Llegaron al cementerio y preguntaron a papá dónde la quería enterrar, el panteón familiar o sola, y él dio directrices para que mejor estuviese sola. La abuela siempre comentó que no la pusieran con todas esas arpías, como decía ella. Pese a que estuvieron discutiendo en varias ocasiones dónde la enterraban, ella pidió que respetaran su decisión.

Al cabo de un par de horas llegó papá derrumbado y cansado, vio las bolsas y las subió al coche. Entró en la casa; los tres hermanos estábamos sentados. Juan estaba leyendo y mamá, Lola y yo nos entreteníamos con recortables. Mi hermana intentaba ayudar cortando papeles para hacer un vestido a la muñeca de cartón. El silencio y nuestras caras reflejaban la tristeza tras lo ocurrido.

Papá, apenas entró a su habitación, se echó las manos a la cara y empezó a llorar durante varios minutos. No daba crédito a lo ocurrido, tan deprisa todo.

Yo, mientras jugaba, alcé la vista, miré hacia la habitación secreta y observé que una luz salía por debajo de la puerta. El caso es que dejé de jugar y me acerqué a la habitación. Abrí la puerta y ahí estaba: era una luz en forma de faro de coche, latente. Se acercó a mí y me dio como caricias por la cara y las manos. Estaba extasiada de paz. Sonreí y jugué con la luz hasta que desapareció en cuanto tocaron en la puerta. Era mi madre, que venía a ver cómo estaba, ya que me veía quizás la más afectada por la muerte de la abuela.

Señalé a luz de la vela, prendí dos más y miré a mamá, mostrándole una ligera sonrisa después de un abrazo. Ella me dijo que pensara que la abuela estaría a mi lado y que donde estuviese siempre me acompañaría su luz. Me quedé mirándola, pero decidí no decir nada de mi experiencia, así que salimos juntas, directas al salón, y continuamos con los juegos. Pero yo no dejaba de pensar en la plácida luz que jugó conmigo.

Mamá decidió dar un ligera vuelta con nosotros cerca de casa. En el mismo parque, justo en medio, había una fuente donde llevábamos migas de pan y los peces saltaban y así nos entreteníamos por un rato mientras las abuelas, que estaban sentadas en los bancos, cotilleaban de todo quisqui que pasara delante de ellas. Mamá siempre las evitaba, así que se fue a la otra punta y me dio una bolsa de tela que contenía restos de pan. Siempre los guardaba para los peces. Mis hermanos y yo estábamos como locos dándoles de comer a todos.

Mi madre no se quitaba de la cabeza la triste situación. En ese momento pasó por allí el médico del pueblo, que se acercó a ella y le aclaró que justo se dirigía a nuestra casa a dar el pésame a papá.

—Comentó su marido que no habla debido al *shock* traumático por la muerte de su abuela —dijo examinándome desde lejos.

—Gracias, doctor, por venir. Y sí, la verdad es que estoy preocupada por la niña. Está muy afectada y no sabemos qué ocurrió en sus cuerdas vocales. ¿Qué puedo hacer?

—En estos casos traumáticos se puede llegar a perder el habla, pero no te preocupes. Es pasajero y seguro que un día se levanta y verás que volverá hablar. Hay veces que incluso por alegría se puede tener un desbloqueo psicológico. Pero de todas formas quiero verla, así que si quieres aquí mismo le digo que se acerque, ¿te parece?

—Me parece bien, pero intente ser algo delicado con ella, es muy susceptible. Y muchas gracias de todo corazón.

El doctor me llamó mientras estaba tirando migas a la fuente. Me acerqué a él y a mi madre.

—Hola, Lilva. ¿Qué tal?

Saqué una libreta y escribí que bien, pero que no podía hablar, que tenía la sensación como de una bola en la garganta y no podía pronunciar ni una palabra.

—Bueno, abre la boca, cariño. No veo nada importante ni está roja.

Me dijo que podía irme a jugar con los demás y se giró hacia mamá. Le comentó que era emocional, que no podía dar nada sino tiempo y que tuviera paciencia conmigo.

—Doctor, es que es una niña tan especial y sensible que sufro mucho por ella.

—Pues yo la veo fuerte y muy lista para su edad. No te preocupes, de verdad. En nada volverá hablar e incluso le dirás que pare un rato.

Mamá agradeció mucho al doctor que pudiera visitarme. Estuvo observando cómo me reía con mis hermanos y dejó pasar una media hora antes de volver a la casa.

Papá se había quedado dormido. Ya estábamos en casa y mamá intentaba que todo siguiera con normalidad, pero con mi mudez ya no era lo mismo. Tampoco sabía cómo decirle a mi padre que tendrían que ir a la casona, tapar todo y esperar a ver qué pasaba con el testamento.

Después de cenar estábamos muy cansados y todos se fueron a la cama, menos yo, que no quería dormir allí. Mamá me dijo que no me preocupara, que esos días podía dormir con ellos, con lo que me se sentiría mas acompañada. Así lo hice. Fui a buscar mi camisón a la habitación, pero me quedé paralizada en la puerta y di marcha atrás para buscar a mi madre. Le escribí que no podía entrar en la habitación, así que ella me dejó una camisola suya, que me quedaba enorme, pero así me evitaría más angustia. Me metí en la cama y con mi brazo rodeé la cintura de mi madre y puse mi cabeza contra su pecho, como si de un bebé se tratara.

A la mañana siguiente fui la primera que se levantó. Me dirigí a la habitación secreta, entré silenciosamente, arrastré la silla y me senté a rezar. Observé que casi todas las velitas estaban apagadas, así que las prendí todas y una se apagó. Volví a hacer lo mismo y entonces emergió una llama potente. Me asusté y lancé un intento de grito. En ese mismo instante me di cuenta de que había recobrado mi voz. Acerqué mi mano a la llama y pregunté si era mi abuela. Latía sin cesar y le pedí que, por favor, no se apareciera, pues tenía miedo, pero que sí me protegiera siempre. En ese instante un ligero olor a lavanda impregnó la habitación. Entonces supe que era ella. Respiré fuerte, cerré los ojos, visualicé su cara sonriente, volví a abrirlos y supe que estaba con ella. Salté de la silla, recé mi padrenuestro, como de costumbre, y salí feliz de la habitación. Fui corriendo y le dije a mi madre:

—¡¡Mamá, ya tengo voz!!

Exaltada, fui donde estaban mis hermanos y empecé a hablar sin parar con ellos y a decirles que estuvieran tranquilos, que la abuela los protegía.

—¿Y cómo sabes eso, Lilva? —preguntó Juan.
—Bueno, me lo imagino. —Y cambié de conversación.

Se empezaba a respirar otro aire más alegre pese a la desgracia. Papá decidió ir a la casa de su madre a dejar las cosas y tapar los muebles. Pidió a mamá que le acompañara y preguntó, como de costumbre, a Lola si podía quedarse con nosotros. Ella enseguida dijo que sí. Era muy buena con la familia.

Cuando Lola vino, le pregunté si podríamos hacer rosquetes para que cuando vinieran mis padres tuvieran una sorpresa. No lo dudó y nos metimos en la cocina. Sacamos los ingredientes y empezamos a hacer la masa mientras yo le preguntaba si sabía de alguna leyenda del pueblo. Lola sonrió y me preguntó si me habían contado lo de mi padre.

—¿Mi padre, Lola? ¿Qué pasó?

—Pues sí. Cuando apenas tenías unos meses, a tu padre le gustaba tomar una copita con los amigos, pero ese día se bebió más de una, así que salió camino de tu casa, pero no volvió. Tu madre a medianoche llamó a la policía y a tu abuela. No lo encontraban por ningún sitio; todos pensaban que se habría caído y que estaría muerto en algún lugar. La búsqueda fue sin parar, día y noche, pero nada. Tu abuela vino, habló con tu madre y se fueron caminando cerca de la casa, justo detrás, donde había un pozo con la tapa a medio cerrar. La abuela se adelantó y le dijo a tu madre que se encontraba allí. Efectivamente, allí estaba, así que llamaron a la policía. No se podía mover debido a su pierna derecha, que creía que estaba rota. Intentaron tirarle una cuerda, pero no llegaba justo donde estaba él, así que esperaron a la llegada de la policía, que en diez minutos ya estaba allí. Lo sacaron y, además de la pierna rota, tenía un fuerte golpe en la cabeza. Tu madre le preguntó qué le había pasado y dijo que no se acordaba de nada, aunque la gente del pueblo ya sabes cómo es. Es posible que bebiera demasiado y no viera el pozo. Pero lo que sí te puedo asegurar es que nadie supo cómo su madre sabía de su paradero. Es un misterio que a día de hoy nadie sabe, querida Lilva.

—¿Pero tú no crees que mi abuela era mágica? Igual tenía poderes y veía más allá.

—No lo sé, cariño, pero te puedo asegurar que era bien especial. Y tú me recuerdas a ella mucho.

—¿Ah, sí?

—Sí, pero tú tienes mejor carácter.

Cogí un puñado de harina y se lo tiré a Lola, empezando así una guerra. A ella se unieron mis hermanos y se montó una batalla campal de harina por toda la cocina. Lola paró y dijo:

—Niños, parad, que en nada vendrán vuestros padres y se enfadarán conmigo por semejante fiesta de harina que tenemos aquí. Así que entre todos ayúdame, va…

Cogimos escobas, paños y un cubo de agua para limpiar todos los muebles. En nada ya estaba todo limpio y Lola puso los rosquetes al horno. Nos fuimos a cambiarnos la ropa y limpiarnos la cara y el cabello, ya que los teníamos perdidos. Lola fue al baño y, como pudo, intentó limpiarse la cara y sacudir la ropa, pero estaba toda perdida, así que pilló un paño humedecido y empezó a limpiarse. Luego siguió recogiendo la cocina, ya que mamá era bastante ordenada y odiaba el desorden.

Mis hermanos ya estaban limpios y se fueron al salón a jugar un rato mientras Lola y yo controlábamos los rosquetes para que no se quemaran.

—Lola, ¿tú crees que soy una niña especial?

—No solo lo creo, sino que lo reitero. Lo eres, preciosa. Eres muy buena y muy especial. Creo que tienes el don de tu abuela. Verás que lo averiguarás.

Me crecí por un momento. Me gustó mucho que me compararan con mi abuela pese al carácter, que era muy diferente.

Mamá y papá regresaron muy cansados. Mis hermanos y yo fuimos a su encuentro y se fundieron en abrazos con todos. Lola salió con una bandeja de rosquetes de olor tan embriagador que de repente había manos por todas partes y se empezó a vaciar la bandeja. Ella ofreció a papá y tomó uno, dándole las gracias. Todos dimos las gracias por la tarde tan divertida que tuvimos.

—¿Cómo fue, María? Espero que desconectes unos días sin volver allí. Todo ha sido muy rápido y muy duro, cariño. —Se entrelazaron en un abrazo bien fuerte.

—Gracias por todo, de verdad. No sé qué sería de nosotros sin tu ayuda. Los niños te adoran.

—Ya sabes que puedes contar conmigo cuando tú quieras. Solo tienes que llamar.

Papá pasó a bañarse y de paso se despidió de Lola, dándole las gracias por todo. Lola cogió sus cosas y se fue. Mamá se quedó sentada, descansando, mientras papá salía del baño. En esto que me acerqué al tocadiscos y puse un disco que le gustaba mucho a mi madre: *West end blues*, de Louis Armstrong. Sujeté las manos de mamá, se levantó y bailamos mientras nos miraba papá, al que hice una carantoña. Él se levantó, estiró su brazo y me preguntó si le dejaba. Así lo hice y mis padres acabaron la canción los dos fundidos en un abrazo. Le hice un guiño a mi madre y con gestos le dije que me retiraba a la habitación.

Entré al cuarto con mucha cautela. Mamá se había encargado de ordenar todo como estaba antes, así que empecé a traer mis juguetes y mi camisón a la habitación, aunque miraba a mi alrededor con desconfianza. Un olor a lavanda cautivó el momento. Cerré los ojos y noté un aire fresco, como si de un pequeño viento se tratase. Sentí alivio y mucha paz.

Mamá apagó el tocadiscos y se fueron directos al patio. Tenían mucha leña que organizar, por lo que nos pidieron ayuda a mis hermanos y a mí. Yo detestaba esa labor y no dudé en buscar a mi hermana y nos fuimos a su habitación a pintar con acuarelas.

A los pocos días empezaba el curso y se terminaba el triste verano, con lo que se volvía a la rutina, a la normalidad. Pero este lo recordaría para el resto de mi vida.

Papá decidió vender un par de camiones, ya que no eran buenos tiempos y el colegio era muy costoso, pero esa misma mañana llegó una carta que le notificaba la herencia de su madre, que lo había dejado como único heredero universal de sus bienes. Así que, aunque le produjo una tristeza enorme, a su vez tendría un alivio financiero.

Habló con mamá y le comentó la situación. Decidieron vender la casa, ya que era muy grande y tendrían que arreglar muchas cosas. Aunque su madre tenía dinero guardado, no era suficiente para ello, así que no lo dudó y dijo que pondrían un cartel. Las demás pertenencias las donaría a la Iglesia, excepto algunas joyas, que se las quedó mamá.

Yo estaba escuchando la conversación que mantenían mis padres y pensé en pedirles alguna cosa de la abuela, algo que pudiera llevar siempre. Durante la comida planificaron el comienzo del colegio, ya que las niñas seguíamos en el mismo y Juan estaba más lejos del pueblo, en un colegio de los franciscanos.

Mientras unos y otros hablaban de volver a la playa, le pregunté a mi madre si podría quedarme con la medalla de la Virgen del Carmen que llevaba mi abuela.

—Claro, cariño. Luego la limpio y te la doy. Y mira, aprovecharé y te daré una mía también y así siempre nos llevarás a las dos. Te quiero, Lilva.

—Yo mucho más, hasta la eternidad.

—Eso es imposible, querida.

—Pues da igual. Yo sí.

Mamá se reía de mis cosas. Fue a su cómoda, extrajo una cajita donde estaba la medalla de la abuela y se quitó la suya también. Las metió en una cadena fina de oro y me la puso.

—Te entrego dos guardianas de tu vida, tu abuela y yo. Así siempre estaremos conectadas.

—No me la quitaré nunca, mamá.

—Recuerda que tienes el anillo que algún día tendrás que entregar a tu hija o a la siguiente que nazca mujer en la familia. Tienes una responsabilidad muy grande, querida. Y tendrás que cumplirla, ¿vale?

—Lo sé, mami, pero ¿qué poder tiene?

—Según tu abuela, tiene el poder de ver más allá, así que ten cuidado. Igual ves algo que no te pueda gustar. Solo te pido que tengas siempre mucho cuidado. E intenta que nadie lo toque; es mejor que lo hagas solo tú.

—¿Entonces soy una niña mágica?

—Desde que naciste, querida, lo eres. Piensa que naciste en esta casa y los demás en el hospital. Solo tú y yo.

Mi madre siempre comentó que justo cuando nací se alumbró toda la habitación con una luz radiante y esa luz penetro en mí.

—¿En serio, mami? La abuela nunca me dijo nada.

—Sí, querida, eres especial. Naciste con un don, el de guiar a los demás por el buen camino. La abuela lo sabía, pero estaba esperando para contártelo; por eso te contó todas esas historias, que son ciertas. Desconozco sus vivencias, pero seguro que ella te estaba ayudando a encontrar el camino de tu luz. —Desde ese momento algo cambió en mi vida; pese a que tenía la certeza de mi poder, empezó una nueva vida para mí—. Recuerda, Lilva, que para poder seguir en adelante con tu magia solo la puedes invocar en la habitación secreta. Y recuerda llevar el anillo y las medallas. Esa habitación es algo más, es un santuario para sanar a los demás. No lo olvides nunca.

—Perfecto, mami. Así lo haré siempre

Me dirigí a mi habitación, pero no me percaté de que mi madre estaba detrás y observó cómo me dirigía al espejo de la cómoda y entablaba una conversación con alguien a quien conocía bien. Mamá retrocedió y supo en ese instante que yo había emprendido mi nuevo camino…

Fui camino al salón, cogí el disco de Pedro Infante *Dos arbolitos*, me senté en el pequeño sillón, justo al lado del tocadiscos, y cerré los ojos. La nostalgia de la vieja Lilva la hizo inmortal el resto de mi vida. Y así esta generación de mujeres especiales aprendimos a vivir con una magia especial, la magia del amor.

—Querida Carmen, ¿qué te parece mi verdadera historia?

Comenzó a llorar y me dijo:

—Siempre te creí una mujer fuerte y especial, amiga.

Cogió mi arrugada y dolorida mano e inmortalizamos el momento mientras la brisa del mar recorría la cara de ambas.

Dos días más tarde, cuando regresaba de mi paseo, me metí en la cama. Ese día estaba más cansada de lo normal, me dirijo a la habitación secreta y envuelvo el anillo con trozo de tela rojo y rompo un trocito de pared donde escondo mi más apreciado secreto, seguidamente me tumbé. Desde la cama vi una luz potente en la puerta de la habitación. Sabía que era la hora de partir y así lo hice....

FIN

Esta humilde novela se inspira en esas leyendas que nuestros abuelos, de una manera u otra, nos contaban de pequeños. Para todas esas personas especiales, mi amor y luz.

Gracias, querida Lilva.

Sobre la autora

Mapi Rodríguez nació en Gran Tarajal (Fuerteventura), en la casa de su abuela Nazaria, con la que tiene una gran complicidad. Se trasladó a Madrid a terminar sus estudios y posteriormente a Barcelona, donde reside actualmente. Ha trabajado en medios de comunicación y se ha dedicado a la investigación. Su pasión por la literatura y la poesía la llevó a presentar sus poemas a varios concursos, quedando finalista en el apartado de "Haikus". Su amor por  las leyendas e historias de familia la han llevado a escribir esta humilde y esperanzadora novela cargada de amor e intimidad.